U0582251

年轻，总免不了一场颠沛流离。

在奔赴梦想的路上永无遗憾。

务必不亏待自己，要补足以往的缺憾。

我们不是雪人，可以独自应对世界的冰冷。

停顿是为了更好地出发，我们终究要习惯得失，习惯孤独。

从来没有所谓命运的公平可言，但我们都有一颗向着太阳生长的心。

世间所有的美好
都是因为坚持

没头脑也很高兴 —— 著

新星出版社 NEW STAR PRESS

新经典文化股份有限公司
www.readinglife.com
出　品

谨以此书献给我最爱的爸爸和宝贝

愿时光珍待你们！

坚持，这件小事

畅销书作家 特立独行的猫

最近我又开始学英语了，跟着外教，每天半小时。别小看这半小时，虽说每天有 24 小时，但我们浪费的时间很多，看电视啦，网购啦，睡懒觉啦，玩手机啦，总之，很多个半小时过去了，真要学习的时候，总觉得自己没时间。于是一狠心，每天晚上学英语半小时，雷打不动。

看起来很简单的事情，雷打不动每天半小时，坚持起来却很难。坚持到第三天的时候，开始有些昏昏欲睡，第五天的时候就有点不耐烦了。但每次看到朗文商务英语教材上的那些内容，我总会想起大学时候自己自学英语的时光。

那时候的我，把图书馆的英语教材，各种流派、各种内容、各种出版社的，一本本地挨个学习，在各种英语学习网站上下载听力内容，不以任何考试内容为目的，纯粹为了学习英语。大二那一年，我每天早晨五点半起床，和一个外教一起互相学习，我学英语，他学中文，不懂的时候扭头问对方一嘴。这样的日子过了整整一年，我的英语有了质的飞跃，甚至让我觉得不敢相信。

这是我从小到大第一次自己坚持做一件事，而不是被家人逼着去坚持做一件事。那一年距离现在已经10年了，每每想起来，就仿佛在昨天一样，我甚至清晰地记得，我经常都是月朗星稀的时候才爬到二层的床铺上睡觉，第二天天蒙蒙亮就起床带着书跑到楼顶上。我的英语水平其实只是在我原先很渣的基础上提高了很多，但距离英语达人们还有差距。不过，这依然不妨碍我相信，坚持是一种品格，无论你的人生处在多么渣的地步。这件小事一直激励着我之后的人生，直到现在，虽然我能坚持做的事情很少很少，但只要坚持下来的，可以说都取得了不一般的成果。

前几天见了一个做妈妈之后辞职创业的女性，她跟我讲了很多创业后的艰难，那些曾在世界500强企业的光鲜亮丽中从未见过的艰难，甚至有些简直超出了常人的想象。我问她，这么难，为什么还要做下去，回到500强不是能过得很轻松吗？家里又有那么小的孩子，何必这么为难自己？她跟我说："我想坚持一下试试看。每次觉得自己快要失败的时候，我就想坚持一下看看，看我自己能走多远。我在外企10年，以为什么东西都能唾手可得。我忘记了，甚至是完全不知道了，生活是需要自己去争取的，而且要靠强大的意念。所谓坚持，并不是坚持上班的意思，而是说当遇到了困难，还能克服困难往前走，这样的人生才让我觉得有意义。"

我认识翩翩（即本书作者）不久，我们就成了很好的朋友。我们曾在深夜聊天，工作上互相帮助，生活上相互勉励。每次看到曾在边境小饭馆里数着刷过的盘子攒路费，为 40 块钱在无安全带的 9 楼搬砖撕膜的她，今天能够与家人过着平安喜乐的生活，内心就会很感慨。这么一个瘦弱的女孩子，感觉一阵风就能吹倒一样，如果你在马路上看到她带着家人一起开心地吃饭逛街玩乐，是否会想得到，无论生活多么残酷，这个女孩始终没有放弃梦想。

这本小书，写了很多关于坚持的故事，都是平凡人的故事。他们可能没有明星那么闪耀，也没有杂志上的精英那么成功，但他们每个人都是自己生活中的勇敢者。他们有信念，有信仰，心中怀有理想，理解并坚守着自己的内心，一年又一年。他们用自己看似不起眼的小故事，让坚持这件小事，变得生动而接地气起来。

我们每个人都知道坚持的意义，但只有极少数的人能做到。既然大家都做不到，那就不如看看别人的故事。或许，这么多故事只能激励你一个晚上的热血，但没关系，或许有一个故事能真正进入到你的梦里，让你第二天起来的时候能如满血复活一般。如果过了几天你又懈怠了，可以再捧起这本书看看，看看那些就在你身边跟你一样，甚至还不如你的人。他们都行，那你呢？他们都能坚持下来，你为什么不能呢？

据说一件事坚持做 7 天就能变成习惯，坚持 21 天就能成为生活中的必备。如果你能坚持逛街，坚持打游戏，坚持睡懒觉，坚持买买买，坚持看电视追各种剧，那不如再增加一件事儿，比如坚持读书，一起坚持下去，你的生活会因为新加入的"坚持联盟成员"，变得有一点点不一样。

坚持着，或许就看到了曙光

《你只是看起来很努力》作者　李尚龙

大一那年，瑞瑞考上了北京语言大学，可是因为分数不够，没有就读喜欢的日语，而是被调剂到了德语。

瑞瑞发不出卷舌音，德语学习能力似乎天生不足，开学前的分班测试，她被分到了 B 班。她心想，好险，至少是个中等。后来才知道，一个专业 20 个人，就分成了两个班，另一个班是 A 班。

她曾经自嘲："我以后要嫁个德国男人，老娘教他学中文！'前门到了，请从后门下车。'请问，是前门下车还是后门下车？"

她说完哈哈大笑，但很快就陷入沉思。她告诉我："我要转学，我要换专业，我不管，实在不行，我就退学。"

几天后，她开始自学日语。我那时刚开始当英文老师，几乎属于闲散人员，偶尔在咖啡厅看看书听听音乐。她经常来找我，我摘了耳机就能听到她在念叨"干巴爹"什么的。学了一个月，她给学校递交了转系申请。无奈的是，学校的神奇规定竟然是每个系前三名才能申请转系。瑞瑞崩溃了。

她的老师开导她说："你一定要坚持，只有坚持下去，才能成功。"

她冲着老师大叫："别鸡汤了，错误的路，坚持下去都是死路一条。"

老师愣住了，拍了拍她的肩膀，语重心长地说了一句："但是，世间的美好，都是来自于坚持啊。"

瑞瑞没说话，她想了很久，然后推门离开。

她坚持学了很长时间的德语。我记得当时我很长一段时间没见到她，后来见到她，她也是在练习着蹩脚的卷舌音，口袋里装满了纸条。就这样，到了第一个学期末，她勇敢地进了考场。

可是，生活不是电影，和一般的励志故事不同，瑞瑞再次考了倒数。她生气地抱怨着，絮絮叨叨地重复着她那套"只有正确的路坚持下去才是对的，错误的路还坚持就死定了"的道理。

几个月后，她终于退学了，去了自己申请的日本学校。这个过程很辛苦，好在，她申请到一所还过得去的学校。

我和瑞瑞很久没有联系，四年后，我在国贸的一栋写字楼里偶然见到了她。此时的她，竟然刚毕业就到一家跨国猎头公司当了一个小经理。后来我才知道，她是他们公司里唯一一个能掌握中文、日文和德语三门语言的人。也正是这个优势，让她与众不同。

刚进公司，她就用蹩脚的德语挖走了一家公司的 HR，接下来，她一直升职很快。

她笑着，笑容倒映在我的咖啡杯里，同时也印在窗户的玻璃上。她说："幸亏当年姐认真学了德语啊！"

她继续感叹着："这世上所有的美好，都是来源于坚持。"我笑了，没说话，喝了口咖啡。

她继续说："龙哥，你别笑我，坚持不一定是对的，不一定有很好的结果；但是，很美好。"

那天的风很大，瑞瑞出写字楼的时候，一手掩着自己吹乱的头发，一手按着自己快被吹起来的衣服。路似乎很难走，但她坚定地进了地铁，谁知道地铁会把她带到哪里，不过，这重要吗？

正巧，翩翩找我给她的新书写序，看完了她的几篇文章，忽然想到了上面这个故事。于是想认真地推荐一下：她的书，你应该去看看。

或许你爱过一个人，坚持了没结果，但这是你青春中最美的记忆；或许你坚持了一件事没成功，但这是你最美好的执着。繁华的世界里，似乎每个人的节奏都快得不可开交，这个时候，你是否还会相信坚持的意义？

翩翩这本书，推荐你去看看，或许在夜深人静的时候，能撞击到你温暖的心。

唯有坚持梦想，才能成为最好的自己

　　大学时，同班的四个姑娘和外系的两个男孩组了个街舞组合。他们的组合在院校里的火爆程度，不亚于现今的韩流明星在微博上的火爆。他们的招牌标志就是，每次一出场，都会用一首麻吉弟弟的《甜蜜蜜》开场。然后在略带起哄的笑声里，尴尬地摆好姿势。大家好，我们是"160"组合。组合名一报出，现场的笑声就更刺耳了。

　　记得他们第一次表演，是做一个演讲比赛的开场表演。从高处远远地看去，四个长得很不起眼的女孩，矮胖黑瘦，和两个手无缚鸡之力，好像风一刮就倒的男孩，仿佛在高耸的舞台中央凹陷进去了一块。他们尴尬地搓着手，报幕时甚至紧张到口吃，加上穿着宽松肥大的白队服站在一起，更有莎翁笔下的喜剧效果。

　　大家笑话的，是他们的身高都在一米六左右，甚至有三个女孩只有一米五几。他们是一个矮个子组合。

　　在新疆的院校里，十八九的少年发育到一米九都不是很出奇的事情。去年回家，几年没见的小侄子已经长到了一米九五。我所在的大学，更是沿路可遇见一米八几的男孩和不穿高跟鞋都一米七以上的女孩。所以在最萌身高差的对比下，这个一米六的小个子组合，就显得颇为滑稽。

第一次表演他们很怯场，有个女孩做错了动作，在本该跳跃的时候跑向了台前。六个人惊慌失措，顿时队形被打散。他们呆若木鸡地愣在舞台上，音乐还在嘲弄般地播放着。在观众的阵阵嘘声里，有个女孩捂着眼圈跑进了休息室。

我们散场后，见到他们的情绪都很低落，那个做错动作的女孩手掩着脸，另一个少年轻拍着她的肩膀。

再过一年后，我是在电视上见到他们的，作为当地电视台的特邀表演嘉宾。他们拿了地区舞蹈比赛的冠军，每个人脖子上都戴了块硕大的金牌。同样的散场，六个人踌躇满志，骄傲地对着镜头伸出大拇指。人群围得水泄不通，甚至有学生惊呼着要签名。

他们表演倒立用手支撑身体旋转，紧接着是用头转、用背部转、用肚子转，还会用手腕运转足球，灵活得好像身体的每一个器官都是自由组合的魔方，能变化出种种高难度的动作。有些惊险动作甚至让人倒吸一口凉气，引来喝彩一片。

我忽然想起，有一次，我为了早点儿回宿舍，选择走了一条比较偏的小道，太阳下山了，阳光自云层折射到小径上，真是惊奇，刹那间，似有仙子洒下大量金粉，把整条路染成金黄色。难以相信世上有这样美丽的景色，我深感震撼。

呆立园子里时，我看到宁静的路尽头，有四个女孩正笑着帮单薄的男孩压腿，男孩许是韧带被扯得疼痛，脸都疼得变形了，额头沁下大颗大颗的汗珠。

"换你们啦！我们可不会留情的哦。"男孩们拍拍裤管上的泥土。小巧的女孩两两手握在一起，赞同地点点头。六个人嘻嘻哈哈，情同手足。

金芒只维持了几分钟，他们的身影就闪退到了假山旁，随着夜色加深，倏忽消失了影踪……

在我的大学的教育系里，有个袖珍人师姐，她只有一米一左右。

第一次迎新生晚会上，她表演了腹语术。她藏在一块黑色幕布后，只露出头，脸上涂着粉色的腮红。她长得很好看，垂下眼时，睫毛长长的，梳了条长长的黑粗辫子，脸上有点婴儿肥未消。她幽默风趣，活泼好动，刚开口，一口纯正的宋丹丹腔就把我们笑得前仰后合。

健美操表演大赛，她站在第一排，圆圆的胸脯挺起，双手拿着花环，翻转腾跃，青春洋溢。辩论比赛，她谈吐清楚，逻辑缜密，不卑不亢。打篮球，她叫关系好的队友把自己抱到篮筐前，每次命中篮筐都高兴得向别人伸剪刀手。甚至，连她的功课都很好，回回学校的一等奖学金名额都有她。

那是我们这些新生第一次在生活里出现了袖珍人，起先因为不知如何交流而感到尴尬，最后都因为她先和我们主动打招呼，变成了对她的敬重和仰望。

有一回，她气呼呼地回到教室，小胸脯一喘一喘的，据说她是在找实习单位，因为她的身高问题，被几所小学相继拒绝。当时我们都很为她感到气愤。可第三天，她的怒气就烟消云散了。其他的师姐告诉我们，她跑了十几所小学和幼儿园，挨个叩开了校长的门，将自己的奖状证书堆在了桌子上。有一个校长终于被感动，允诺她毕业后可以留在当地教书。"我喜欢孩子，喜欢教书。"她笑嘻嘻地对我们说。

她坐在钢琴前，拍拍身边的座位，示意我们坐在她身旁。等我们坐定后，她弹了一首《鲁冰花》。那个清冷的午后，风儿将窗帘扬起，一个浓眉长睫毛大眼睛的少女坐在窗台前，安静得好像一幅油画，手指下的琴键犹如流水缓淌。她的歌声太纯洁，充满了阳光。

他们曾经失落，曾经受伤，但仍然为梦想而努力着，他们努力着的身影，就是这世上最美的风景。唯有坚持梦想，才能成为最好的自己。

目录
Contents

Part 1
我们都会向着太阳生长

Part 2
在奔赴梦想的路上永无遗憾

Part 3
一个人的日子更要努力疼惜自己

Part 4
有些黑夜，你不必一个人穿越

Part 5
当你足够爱，就会足够好

Part 6
在欲望滚滚的世界里安稳地活

Part 1

我们都会向着
太阳生长

我们都会向着太阳生长

从来没有所谓命运的公平可言，但我们都有一颗向上的——向着太阳生长的心。

因为腰酸背痛，我推开了某家按摩院的门。按摩院位于县医院正门对面的一条岔路口，馥郁的花香包裹着这个七八平米左右的房子。远远看去，这灰矮的房子就像被抓进高耸大楼里的一间积木房。推开门，内部摆设颇像《口技》里说的"一桌、一椅、一扇、一抚尺而已"。不大的房子里，三个盲人师傅正用手肘在顾客背上推拿着穴位。

我只是发出轻微的声音而已，他们却警觉地听到了，几个人停顿下来，一个看起来年龄最小的男孩侧头问我："想做点儿什么项目？"

他理了平头，穿着一件普通的白褂子，眼睑低垂着，虽然双眼极力地睁出了一道缝，但你还是能从他小心翼翼地紧抓着床板的动作上看出他是盲人。

因为长期伏案写稿，我的颈椎已有些僵化，于是坐在沙发上等了会儿。出于职业原因，便观察起他们的神情动作来。那个年龄最大的，看起来有五十多岁，脊背有些佝偻，所以每做出一个动作，都要尽力挺起肩膀，就像鲤鱼挣直了身子般。年龄中等的，紧张不安地抓着条按肩巾立在两人身旁，时不时地回应着年长者的招呼，他是个学徒，只能打打下手。平头男孩额头沁出了汗珠，按摩是一项很吃力的工作，加上窗外近 40℃ 的气温鼓起阵阵热浪，男孩背部的汗衫已经全部渗湿。

终于轮到我了。年轻男孩微笑着铺了毛巾在床上，他刚按完一个顾客，就忙不迭地招呼起我，一小时里一直没休息过。倒是我有些不忍地问他："不用休息吗？"男孩揩揩汗水："没事儿，习惯了。"一句"习惯了"背后是敬业的素质。

在按摩的间隙，他一直和我搭着话，甚至有时没话找话，问我是哪里人，做什么工作，听闻我是新疆人后，更是难掩言语里的兴奋，询问我喀纳斯湖到底有没有水怪，雪山在哪里，是不是长年累月都覆盖着不融化的积雪。我说推开家门就能看见远处的雪山，还有老鹰盘旋在天空，山上更是有哈熊灰狼隐没的足迹。我还给他讲了少

数部落是如何用梅花桩猎狐狸的:

"冬天马匹因为脚底板钉了马掌,所以不怕滑,猎人们骑在马上,马鞭啪啪地打在马屁股上。猎狗前后簇拥着,它们看见了狐狸就狂吠着把它赶向早设好的陷阱——打成梅花形状的木桩间。狐狸因为没有钉掌,所以脚底一滑,就摔瘫在梅花桩里团团转地哀鸣着。有经验的猎人会操纵着马匹,腾空一跃踩在狐狸头上,将其击杀,这样不会破坏皮毛的完整,剥下来的毛皮连一点儿血都不沾。"

他听了这个就更好奇了,又问我在其他城市的见闻,就像小学生向老师请教一样,问我写过什么书,在哪里能读到。我心想他眼睛看不见,怎么读书。他好像想打消我的顾虑一样,掏出袋中手机,说:"只要是 MP3 格式的,我都能听到!"

他也给我讲起他的故事,因为常年接触不少客人,他说一旦哪条路口发生了车祸,哪里开了新店,或者有什么小道消息,他都能第一个听到。永远不要得罪出租车司机和盲人师傅,他们就是活生生的移动电台,只要有人按下播放键,他们就能不换花样地广而告之,对于你家床上深夜曾发生的那档子事儿,他可能比你还了解。

临回家前,他加了我 QQ,他说他对文学很感兴趣,闲来无事的时候想向我请教。不过，这事儿我过后就再也没放在心上。

两三天后，QQ 上有人头像抖动，他语气恭敬地给我发来消息。对于盲人怎么能使用手机和人聊 QQ，一直是我心里的一个疑团。好奇心驱使我逛了下他的 QQ 空间，立体的他顿时浮现出来。

一条备注为"开心一笑"的说说里，有他的照片，他抱着一盆花，笑得格外明媚，耀眼的阳光照亮了他的半边肩膀。

而在他的相册里，还有他去中国香港，以及沙特阿拉伯、西班牙、智利、马来西亚、泰国等地旅游的照片。超过 2000 张照片里，更处处可见他爽朗的笑颜，尽管因为看不见的原因，他的照片很多都拍得不那么完美，有些镜头他拍得模模糊糊，有些景物只取景一半。

一个看不见的盲人，是怎么想到横穿沙漠的？沙特阿拉伯的照片里，猖狂的浮沙漫住了他的半边裤腿。我知道那里四面都是茫茫戈壁和沙漠，开车几个小时不见一个村庄。沙特阿拉伯西部的希贾兹－阿西尔高原属于地中海气候，其他广大地区属于亚热带沙漠气候。夏季炎热干燥，最高气温可达 50℃ 以上；据说入夏后，如果 30 分钟不喝水身体就会进入脱水状态，甚至会休克。

他的镜头捕捉了几条用绳子拴起来卖的鱼，备注说这些鱼大都是前一天晚上渔民们在红海里钓上来的。当地人捕鱼不用大网，都是一条条地钓。

那里不能吃喝嫖赌，不能 K 歌泡吧，但在利雅得郊外的红沙漠上，沙特人找到了他们的乐趣，那就是冲沙。沙特年轻人开上越野车，或者租一个沙滩摩托，在陡峭的沙丘和椰枣林间疯狂地飙着。两座高大的戒碑站立在公路两边，提醒着我们这些异教徒非礼勿视。

有一张照片，他站在火山岩石堆起的山坡上，远眺着环抱麦地那的群山，还有遍地的火山熔岩，脚下即是万丈悬崖……这些奇情险景，连我们这样的正常人都要思索再三，才敢一一登尽，他一个盲人，怎么有勇气踏上这躁动的岩石？怎么敢赤身裸体地跳进海洋里，像只归家的海豚般纵情戏耍着？

你永远不会想到，那些挎着一篮子蔬菜或挑着一担鲜桃的赶路农民身上，那些坐在马路牙子上紧锁眉头、一根接一根嚯烟的老汉，那些隐居于一条小巷、坐在敞篷卡车上、裤腿上都是泥点的装修工人，那些匆匆啃一口面包的司机，以及那些衣衫褴褛的、躺在快餐店椅子上休息的流浪汉身上，到底发生了多少让你惊叹、佩服到感动得热泪盈眶的故事。

纪录片里，一生下来就没有四肢的力克·胡哲演讲道：

以前，发现受挫时，你能被励志话语振奋；

然后，生活再次让你屈服，于是你在励志话语中反反复复，你开始怀疑语言的力量；

随后，你不再相信那些鬼话，因为你知道它们帮不了你多久，你觉得没人能理解你的痛苦，他们没有经历，他们的话不再让你信服；

接着，你宁愿独自承担，你掩饰痛楚，戴上面具生活，可事实上，问题还在那里，它们被堆积起来，你发现自己走得越来越远；

最后，你只有两个选择，你可以选择接受生活，接受鼓励，因为你仍然在这里。你不会是生活的对手，但你可以选择和朋友共同作战。你开始明白，一味追求内心强大只会让自己更加受挫，因为你还没到必须强大的时候，我们还在长大，经历的事儿还不够，不必对自己太苛刻，即使饱经沧桑的人也不可能不理睬那些挫折、痛苦、灾难。你会难受，因为你有血肉，你有感情。是风暴让你变得强大，走出去，去经历生活，你需要鼓励，你不必独自面对，也无法独自面对。请不要再认为语言是苍白无力的，你只是不愿表达。当你看到朋友的伤痕，请说出人生中最有力量的话：我在这里，一切都会过去。

当然，你也可以选择另一条路，继续走得更远，远得消失在风暴的终点，直到没有人能再看见。

有次和好友交谈，他是农民工的子女，他告诉我他家的老宅是稻草床、土坯房，出生时更是由接生婆挥了把大剪刀把脐带剪下。他轻描淡写地说道：

"你想不到，我用了多少年，付出了多少努力，才得以来到北京，坐在你身旁。

"我用了多少年，付出了多少努力，才能吃饱饭，上得起大学，买得起火车票；才能在这林立的高楼大厦里，坐在你身旁，抬头看一眼这高远天空和熙攘人群。

"对于你们司空见惯的那些高架桥、电影院、游戏厅、KTV、iPad、席梦思床，包括背包自驾游，我要用多少年，才能亲手摸一摸，感受下。

"从来没有所谓命运的公平可言，但我们都有一颗向上的——向着太阳生长的心。"

穿越人群，发出属于自己的光芒

> 车子笔直地往前开去，就好像一个男人和自己
> 的未来正在进行一场力量上的斗争。

站在路边等三轮车，一个中年男人将车徐徐地停了下来。

坐上车后，才发现这辆车与别的车都不一样。以前也经常坐三轮车，但大多数车辆都是缺门坏灯的，或者车座脏兮兮的。在北京蹬三轮是一个体力活儿，因此大多数车夫都只将其当作一个糊口的活计。可这辆车内部装饰着一串彩灯，贴着不知是在哪本画册里剪下的明星海报，车棚上还镶嵌着一个小电视机，电视机里放着时下最流行的电子乐，一路开过去，"蹦擦擦动次打次"，好不拉风。

我们一路走，就一路有行人侧目。有一对小情侣，女孩捂着嘴一直嘿嘿笑着捣男友，男友索性抡开了膀子跟着节奏跳起了舞步。

师傅倍儿得意地回头冲我吼道，声音大得足以击穿耳膜："怎样，这音响效果？！我那儿还有很多光盘，喜欢哪个，你就放哪个，有迈克尔·杰克逊，还有劲炫的迪斯高咧。"

这时我才看清他的外套里面还穿了件同样很闪亮的黑色夜光T恤，画了个笑脸，与这辆火树银花的车实在相配。

一路上我感觉自己好像被置入了声浪阵阵的舞台中心，每个毛孔都活泼开了。北京正值大风天，风卷着树叶往路人脸上扑，裹紧大衣，怀里揣一个滚烫的烤红薯还是会觉得冷。坐在这车里，反而会感到几分暖意。

准备下车时，我问师傅："师傅，你够潮啊。"师傅指了指自己的耳朵，我才注意到他的耳朵上安了一副助听器。小小的，好像一枚银色蜗牛。

忽然间，气氛就有点尴尬。他的眼睛里闪耀着光芒，仿佛幼儿园的孩子背着手在等待一个奖励，笑嘻嘻地问我："坐我的车是不是很开心？"我点点头。

"都说人间三月天，莫负好春光哪！过日子，就要热热闹闹欢欢喜喜。"那个笑容绽得更开了，像是乌云后忽然透出金光来。

我曾经坐过另一辆三轮车，蹬车的是一位七十多岁的大爷，因为得了帕金森，骑车时手一直在抖。

这可能是我这辈子坐过的心里最挣扎的车了。大爷已经两鬓斑白，每蹬一步都要大喘一口气，他伏在车把上，腰弓得低低的，像一只几欲瘫倒的骆驼。

一路上，我都在脑子里组织语言，想编一个合适体面的借口，好告诉他，我中途有事儿，需要赶回去了，但我会原样付钱。

可大爷蹬得很专注，路上有几次他因渐失力气减慢了速度，可在调整好车把的角度和姿势后，他却依然不断尝试着找办法，最终把脊背挺得更笔直，蹬得更快起来。

车子笔直地往前开去，就好像一个男人和自己的未来正在进行一场力量上的斗争。他相信自己面对疾风暴雨、恶浪浊空，不但不会惊慌失措、迷失方向，反而能更勇敢地挺起脊梁。

即使多年过去，我都会想起在那个寒冷而孤独的三月，有一个陌生人用一场小型的表演，为另一个陌生人带来了意外的欢乐。也会想起在那条燥热、拥挤不堪的马路上，在一群面目模糊的行人中间，有一个陌生人，正紧咬牙关反抗着自己的命运。他们都让我想起了一种可贵的东西——职业的尊严。

以前读过一篇很触动我的文章：

十年来用同一个保姆。前几天她第一次跟我请假一周。回家之后我发现她给厨房的垃圾桶认真地套上了七层垃圾袋。我以为，这是职业尊严。

去年到青海湖旅行，包车认识一个司机。他只有小学文化程度，但是每天都穿着笔挺的西装衬衫，永远提前十分钟到门口等，车子每天擦、座套每天换，车上免费准备垃圾桶、矿泉水、湿纸巾和睡觉盖的薄毯。自带单反相机一台，默默拍下客人观景时的背影或远景，分别时送给客人。这是职业尊严。

做家具认识一个木匠。生意很大，手工极慢，对于我所想出来的所有省事儿提速的主意都嗤之以鼻。虽然我订的两件东西并不贵重，就相当于"不带钻石的素圈儿戒指"，但是量尺寸时他亲自到我家来，为的是要"看看你家的壁纸究竟啥颜色，用这个木料行不行"，送货时他也亲自带着徒弟来，生怕安放得不合适，连我放的位置不合他意他都焦虑得要命，抚摸着光滑的木头满眼爱意。这是职业尊严。

剪头发认识一个发型师。收费比大部分人贵，但是绝不染发，绝不烫发，绝不向客人推销任何东西。他的理由是：第一，用最简单的方式能让客人满意才算手艺；第二，我的专业是剃头，不是推销。这是职业尊严。

在网球俱乐部学球时认识一个网球教练。收费比其他教练稍贵，但是从来不占用学员的时间接打电话、喝水、抽烟、上厕所，也从不向学员推销会员卡、球拍器材，但客人如果有问题咨询，他又总能给出最专业详尽的解答。他的理由是：第一，我是教练，不是会籍顾问，也不是销售店员；第二，学员花钱报名来学习网球，充分利用场上时间来实现学员技术水平的最大化提高是教练员的职责。

我反复看杭州的大巴司机吴斌在人生最后时刻的视频资料，每看一遍都沉默良久，对于这样的人，沉默是无以复加的致敬。他被击中之后的那一瞬间，根本没有时间做价值观判断、没有可能做是非得失的取舍，完全是十万小时级别的专业、严谨的积累而产生的直觉反应。他在生死之交展现出最高水准的职业尊严。

这些人身上有一种引而不发，然则绵绵不绝的力量。职业尊严在今天已然成为一种稀缺资源。我常常为很多"社会精英"级的人物工作。但是，即使在这个人群中，"端起碗来吃肉，放下筷子骂娘"者有之、"卖弄风情扮演公知"者有之、"常在河边走，主动去湿鞋"者亦有之。可见，职业尊严跟教育程度、社会地位甚至眼界都没有必然联系。

我深深地迷恋每一个人全情投入于自己手艺时的样子，无关这手艺是写代码还是扫大街。不为任何人，自己就是最大的理由，不苟且、不应付、不模糊，把自己正在做的事情当作与世界呼吸吐纳的接口。

这，就是尊严的来处。

有梦想的人都不会老。因为尊严足以让他们挺直脊梁。他们终将穿越人群，发出属于自己的光芒。

别为了安全感，就丧失掉肆意而为的快意

> 有人迷恋青苔上七色的虫，有人贪玩拂过脚趾的
> 溪水，有人只是想走一程，不沾树叶亦不没入惶恐。

大家都睡着了，我依旧醒着，独自安静地与整个世界对峙。

窗外淅淅沥沥地下着雨，雨在脚下汇成一条不知流往何处的河。湿湿滑滑的雨就像绵延萧瑟的笛声。能在一意前行的路上适可而止，是种足够自保的美德。

某日翻看一篇文，本是十八九岁的少女，却在谈到"死亡"这个词时熟稔于心，手腕上割出的痕迹如同曝晒在赤日里褪色的中国画。我并不艳羡这种建立在伤害上的暴力美学，惊心，却并不能成为暖心的良伴。

在阳光甚好时，把衣服抖开，衣服上清新的味道蒸腾在空气里，

花花绿绿的衣衫如同花花绿绿的丛林，一个人在林间走，有种迷失却也知归乡的痛快感。

那种迷失在堆成长龙的车辆里、左顾右盼的人群里、流光溢彩的霓虹里、灼灼逼人的目光里的物象，并不是一个俗人能够接受的。世人皆爱越过沧海的冒险感，是因人天性就有向外探伸的好奇和占据不熟知事物的贪婪，但若无归乡，就如把头罩进了真空袋子里。

七八岁时，家中有一个地下室，是一间逼仄的小黑屋，却是我的天地，有哥哥废弃的课本，父亲的二八自行车，还有一些零碎杂物，如坏掉的车铃铛、我和哥哥儿时的废鞋、过冬的蔬果、家里看病及购买家用物品的票据等。

父亲是个恋旧的人，恋旧的人都善良。父亲是广东的知青，在人文主义者和理想主义者纷纷奔赴边疆的浪漫思潮里，父亲也卷着铺盖，来到了荒凉的大西北。我在幼时看了很多书，大都与知青有关。父亲说，那是青春大好的光景，一群着各色衣裳，操各式口音的年轻人，从天涯海角汇聚到这未开垦的荒地，远远的，站在山冈上观看，就像雪原里撒着七色的盐粒。

他们习以苦雪烹茶，临月梳妆。娱乐就是抓只蛐蛐放瓦罐里，这种黑色的小动物扑棱着翅膀，对站在对面的同类撕咬、扑腾，以为如此这般斗争，就能逃出瓦笼，却不知罐外围看的人，早已决定了它们的命运。

父亲就是在做知青下乡时与母亲相识的。我看过母亲少女时的照片，粗黑的麻花辫，铅灰色缀紫花的对襟褂子，脸上是粉红粉红的微笑，但嘴角却带有戒备似的紧抿着。

有一张，母亲跨着纯白高马，骨骼秀丽，鞭子粗狂地搭在右肩，身后是墨染的山峦，一层层推开，堆向天边。没过膝盖的草，锦上添花地衬托着少女的洁净不羁。那是我最喜欢的一张母亲的照片，好像你摸摸马蹄，它就会舔舔你的手心，撒欢儿地跑起来。

母亲喜爱紫色，暗沉而高贵的紫色。亦喜欢银首饰，这种金属硬物戴在手上，有种敦厚的沉重。母亲曾送过我一个游龙戏凤的镯子，足够重，我戴在手腕上，抚摸时会有丝丝凉意。

我的母亲，就是本书，是本读不懂的书。你说她是《诗经》吧，她又沾了油腻的烟火味；你说她是《围城》吧，她又跳脱得像只蛮狠的小马驹。母亲负气时，收拾行李的速度犹如剥葱，她亦不在意任何的身份和人，沉溺于自己的世界里，想走就走，想留就留，好像这荒凉而热闹的人间，她就是脱掉鞋子来玩一程。

　　我在成年后，沾染了母亲的习性，母亲的那种不惮基因种到了我的血肉里，分开时和产生想分开的念头时，亦不留情面。人从脐带剪下开始，本就是要举着火把，在黑暗无人的树林里独自走一遭，有人迷恋青苔上七色的虫，有人贪玩拂过脚趾的溪水，有人只是想走一程，走，只是走，无目的无方向，不沾树叶亦不没入惶恐。

　　那些灯火通明的万物，是对这个世间怀有可以用性命来交换的爱的人才会惦念的。我亦没达到愿用性命来交换爱的高度，走过海水或走过草丛，于我并无多大意义，但若既已被放置在这起点，那就尽兴地撒欢地肆无忌惮地走，一直走，直到死期将近。

　　父亲的恋旧基因也种到了我的骨骼里。在丽江购买的老阿妈的银手链，真假难辨，并不值钱，但阿妈唤住我时，告诉我她儿子在十几里外的地方采来金属，又用竹筐背到很高的住所，用了十几个时辰抛光、擦洗、锤形……我购买的，是一个儿子对母亲的热爱。

　　一条在广州买的麦黄的裙子，画着半颗蓝色的星球，是 20 世纪 60 年代美国嬉皮士穿的那种。衣摆上甚至有一个烟头烫出的并不明显的小洞。我在穿着这件衣裳时，便想也许是在震破天的摇滚乐里，一个烫卷的金发女人，手指间掉落的烟灰烫下的吧。或是在阴暗的酒吧拐角处，一个人坐在马路上哭，哭到绝望时，便想撕下穿到身上的一切负累，这件衣裳便成了无辜的爱情的纪念品。

我有多双绣花鞋，对布鞋的热爱，就像对米饭的热爱，一样沾着人的手温。被时光锤形过的物件，是自然和带有爱意的人类对世间的馈赠。我亦爱布裙，但也会在需要变强的场合，穿嬉皮士的蜡染摇滚 T 恤，花花绿绿的衣裳是最好的保护，如同动物的保护色。

越来越难见到清汤寡水里煮出的美好爱情，也越来越难见到穿布衣布鞋也清朗坚强的女儿家。看过世间风景，尝过人情冷暖，有些人和有些感情，就像过期食物里孵化出的蛾子，带有张牙舞爪的贪心，抖着翅膀翩然离去。

人在把自己归入某种队伍时，是能获得安全感的，很多人就是为了这份安全感活着，所以父亲这代人会美化过往的时代，所以越来越多的年轻人，会夹着公文包，挤入双层汉堡似的地铁，低着头涌进拥挤的人潮里。我体谅这种安全感，却并不想为了安全感，就丧失掉肆意而为的快意。

一个乐趣主义者，永远不知下站去哪儿停靠；一个现实主义者，却能在感觉前方是悬崖时，决然转向，尽力靠近自己向往的彼岸，哪怕需要持久地划桨。

这辈子，就该活得热气腾腾

> 人活着，其实就是在积攒一口热气，热气一旦
> 消逝，人很快就老了。

我提了根树枝，扒拉着地上的土，一条黄色的卷尾巴狗翘着脑袋看我。我嘘了一声，嘴里发出"得得……"的呼唤声。它低下头，慢条斯理地跑过来，嗅我的脚尖，但眼神里还有狐疑，过一会儿放下心来，乖乖地伏下身子，叫我摸它的头，又过一会儿就欢快地摇起尾巴来。

它是老屋前的一条狗，老屋是我出生的屋子，我在这儿出生，长到四五岁的光景，父亲因为工作搬迁，我们家就搬到城区了。那时老屋还很大，我们一群小玩伴，围着它手拉手地跑圈，玩编花篮，好像怎么都跑不完一圈似的。

老屋是黄土建造的，工艺粗糙到墙体里的茅草都钻了出来。屋檐

前常有聪明的麻雀衔来稻草，在瓦檐的破隙处筑巢，自以为神不知鬼不觉，却不知稻草窝外那几根黏着鸟屎的羽毛早就暴露了它们的行踪。

刚掏下的鸟蛋热乎乎的，有美丽的花纹，好像一颗赭青色的星球，有小玩伴兴高采烈地亲亲鸟蛋，也不觉腥臊；有还未发育的小鸟，肉都是透明的，清晰到血管可见，半趿着脚……隔壁善良的小姑娘，从菜田里揪来大青虫，扯成三段喂鸟，鸟脖子软软的，好像立不起来的盘蛇，嚼不动虫子。有稍大的少年，着急地喊着："别动小鸟，它身上有我们的气味鸟妈妈就不要它了！"然后一群小伙伴都害怕地吹吹手心，挨个从长梯上爬下，高昂着头仰看着鸟窝，一边还喃喃有声地说："千万别被鸟妈妈发现了，阿弥陀佛。"

我再回到老屋的时候，已经是妈妈的身份了，失去了少女时的轻快步伐。老屋和我面对面地站在一起的时候，我们谁都认不出彼此了。那些在大门前堆成堆的可以种蘑菇的电线杆已经不见了，取而代之的是一片杂乱的木材，不知是谁家烧火或盖房所用。从家家门前穿过的小溪也不见了，儿时溪水里游动着蝌蚪，像音乐书里跳下的音符，脚没到溪水里，溪水就拱得脚指头痒酥酥的。可现在溪水干了，甚至连曾经冲刷过的痕迹都没有了。

幼时妈妈拿了块 10 公斤重的大铁块挡门用。门前总有货郎担着担子经过，担子里蹲着毛茸茸的小猫小狗，可以拿废纸废铁换。我有次心痒痒，也不知哪来的怪力乱神，竟搬动铁块去换了两只猫一只狗。夜晚小猫躲在床下喵喵地叫，被妈妈发脾气甩到了大院主路的铁门后，那扇大铁门生硬地隔绝着孩童和成人的适用法则……而如今那扇铁门也没有了，黄突突的土路就像豁了牙的老人，以人人都可侵犯的姿势显示出它的寂寞。

菜园子也没有了，幼时最明亮的记忆就是奶奶拉着我的衣摆，挎个篮子去采草莓。现在别说草莓，就连绿意都难见到了，没有规划的菜园就像自然荒芜的沙丘，一层风盖了一层土上去，一层风又盖了一层土上去，连脚印都没有。小朋友们都走了后，连糟蹋它、到它的肚子上偷水萝卜啃的"小偷"都没有了……

一切都是荒芜的、颓败的，一座城市或者一座村庄，一个居住过人类的老屋，仿佛久坐在阳光下，招呼你来他身边坐坐、唠唠家常的空巢老人，一旦等待的热气散去了，一天，没有来人，两天也没有来人，肩膀就耷拉下去了。

回到家，发现三楼的奶奶眼睛红肿着。听妈妈说，三楼爷爷上月脑溢血没了，去年年底奶奶的小儿子得肺癌中年去世，两个女儿又相继离婚。奶奶经受不住打击，但又强颜欢笑。我跑到楼上看她，爬山虎的叶子在阳光里招摇，奶奶坐在阳台叶影下，时不时就装作被太阳熏热了眼，揉揉眼眶……

我有些不明白，奶奶一家都是好人，为什么大都命不好。回到家问爸爸：是不是善不一定有善报，"好人长命"这个说法根本不可靠。爸爸不说话，夹了菜添到我碗里。绿油油的菜叶和香喷喷的肉堆到了碗沿。

有时候想想，这个世界上有很多东西都没道理，比如，为什么会存在死亡？为什么人先是从眼神开始衰老？为什么善良的人要经历多重磨难？为什么都说"人在做，天在看"，可天究竟在哪里？很多秩序都如此混乱，有很多人都在受苦，为什么它从不纠正发善，让好人活得长一点儿？

我还没有做好身边熟悉的人和事物一个个消失的准备。和朋友聊天，朋友说了一句话，我顿时眼睛发涩：你有没有发现，我们已经开始面临身边的人一个个死去了？你总是以为，你绕了一大圈，重回旧地，最多就是有些东西苍老了些，可不，时间这个残忍的老头子，却偏偏让很多东西都消失了，很多你惦念过的位置都空了。

那些音容笑貌，那些来不及报答的人，都不在了……

我不知道一个人的死亡，是不是就像一栋老屋的消亡一样，会不会存在灵魂，弥散在空气里；也不知道究竟是什么东西在迅速撤销着我们的眷恋，使我们终究变成了心硬如石的成年人；我不知道会不会有人在成年后故地重游，当捧着发蔫的梭梭草，仰望没有老鹰盘旋的灰天时，忽然鼻酸。

什么都在往前走，被洪流冲刷，什么都没有永恒的意义，儿时学过的一些能安慰自己的公式，其实就像冷笑话一样荒谬。

只是老屋还静静地伫立在那里，安静地立在摇曳的树影里……直到最后一批"小孩子"也终究有了"小小孩子"，"小孩子"也变成了要靠捂着热气、嚼着回忆来活的老年人。

一切都消失了，一切也都以一种没有崩坏的完美理性，维持着运转。人活着，其实就是在积攒一口热气，热气一旦消逝，人很快就老了。老是一瞬间的事情。这辈子，就该活得热气腾腾。

在干涸之前，先让自己鲜活过

> 人生最可惜的是，在干涸之前，不曾让自己鲜
> 活过。

有次从北京去天津玩儿，准备坐地铁去北京南站的时候，发生了这么一件事：我正站在黄色警戒线后排队，赶来两个小青年，女孩一边拉着男孩的手往我身旁的空位挤，一边回头抛着媚眼，我被两个人急匆匆的步伐冲得几次后退。本来右侧靠近垃圾桶，只有不到三十厘米的空隙，愣是被两个人架着胳膊肘撞出了一块硕大的地盘，然后两个人就心安理得地站在了我身旁。

队伍本来排了两队，人们都安静地低头玩着手机，现在被这两个突兀的插队者打乱了队形，两排队伍变成了畸形的三排。这之后又有些人陆陆续续来排队，都像那对情侣那样，从这两排已排好的队伍中间穿过去，有用胳膊撞的，有拿行李兜头绕过去的，有大大咧咧，一边说着"麻烦了"，一边回头吆喝着一家老小往内侧挤的。

"编外队伍"的力量越来越大，之前两排已排了将近十分钟的人的地盘也越来越窄，从本能占据到座位的靠近车窗的位置被挤到了扶梯的死角下。

这时地铁缓慢地开了进来，后来的那一拨人都像土狗逮鸡一样，以赛跑运动员百米几秒的速度，呼啦啦地冲进车厢，瞄准座位，屁股下沉，坐了下去……

一上地铁，有轻呼口气庆幸终于抢到了座位的;有立马云淡风轻，像坐在星巴克飘扬的窗帘下一样，优雅地捏出包里的手机，开始玩游戏的;有和朋友挤眉弄眼，心直口快说"抢到座位真不容易"的;也有继续甜言蜜语你侬我侬抱在一起，你捋捋我的秀发，我靠靠你的肩膀，视旁人如空气;更多的是麻木的，找个舒服的姿势，倚靠在车厢壁上，眯着眼开始打盹的……

窗外，夜色也好像忽然从山谷上滑了下去，罩在了正在行驶的地铁上，地铁里本来七嘴八舌的各样表情的人，都变成了浓浓夜色里，定住动作，连眸子都丧失了神采的假人……

我有些恼怒，因为插队的那群编外人员，都一一占据了座位，反倒是那帮勤勤恳恳老实排成两列队伍的人，都没有座位，窝在了地铁的各个犄角旮旯里。人有时会因为这种利益攸关瞬间变成伙伴或敌对的关系。

我的视线开始四处扫那两个率先插队的年轻人。只见女孩依旧不痛不痒地抚摸着男孩的脸，两人情深深雨蒙蒙地对望着，就像偶像剧剧情一样如胶似漆，丝毫没有显露出任何插队后的羞愧，或者冒犯他人利益后的不安。

一个稚嫩孩子的声音在车厢里响起来了："妈妈，快，这还有一个位置，我给你抢上啦！"我回头看，声音源自一个奶声奶气、头发还是光秃秃的、大概只有 3 岁的小男孩。他的妈妈摸摸他的头，称赞他："宝宝真乖。"过了一会儿，不知小孩犯了什么错，女人又患得患失地说："宝宝，难道你不爱妈妈了吗？"我觉得有些好笑，一个 3 岁的孩子，懂什么爱不爱的，可女人却在教训孩子："你不爱妈妈，妈妈也不爱你了。妈妈下地铁就不要你了。"

所有的场景在我眼前旋转，就像一幕幕戏剧。

此时，同行的朋友正翻看着一本书，书里讲的是公民意识与中国知识分子对道统的承载与遗失。书的自序上有一句话："80 年代初的心情充满了对未来的热情与期待，自己似乎大梦初醒，从精神桎梏和迷失中走出来。尽管仍然感觉到旧的顽固势力和种种太熟悉的思维习惯的羁绊，总的心态是乐观而有信心的。"

我问朋友："你觉不觉得，这一代中国人活得特别辛苦？"

朋友从书卷上抬起头来，他的眉宇间有那种知识分子的忧盼之意。他是正统的名牌大学毕业生，从小一直是市里的尖子生，以全市前几名的成绩考进大学，又考取研究生，后在人人钦羡的世界500强企业做技术工程师，年薪也是几十万的主。他说："是啊！这代人活得太辛苦了。"

我们有一次在KTV茶座里聊天，聊现在的年轻人，哪一代最辛苦。我说："85后真是一代被坑害的人，处处被实验，一毕业，人人都背了几百万的房贷债务，年纪轻轻的就过得像个半老头子。"

1982年出生的他苦笑："1980年到1985年之间出生的也没享受过多少实惠啊，房价2002年、2003年涨起来，我们那时候都在上研究生，等我们毕业了，那些没有考研的，早早出来靠关系找上工作的都有了好职位，买了特价房。我们一毕业都傻眼了。"

按道理，我和他属于社会的两个阶级，我是那种按照传统世俗来说，完全不符合常规的人：大学退学，没有稳定工作稳定住房稳定的福利保险。他是那种最受父母喜欢的，真正按照中国传统的成功标准来安排人生的：好好学习，就能上个好大学；拿个好学历，就能找份好工作；有了好工作，就能有好未来。可当我们走入社会，分别位于世俗观念的两种极端里，我们的烦恼、压力和既得利益却都差不多。我们一样租房生活，一样没有常住户口，都是这座城市里逢节假日就要被媒体和专家口诛一番的外来务工人员，一样对未来没有安全感。

我很纳闷，假如说我这样的人注定了飘摇不安，因为我本身就是游离于社会规则外的人，那像他这样，完全按照规则里的中国标准成功模式来安排人生并且勤恳老实打拼的人，为什么最终的归宿和我差不多？

这就又回到了那个地铁上的故事，我问了朋友一个问题："你说这地铁上的人，会有多少人一辈子只能过这样的生活？两点一线只为讨个生活，被插队也怒而不发声？"

他环顾了一圈，反问我："你说大概有多少？"

我说："大概有 70% 的人，他们的一生只能过这样的生活了，因为你看他们是这样安排自己的业余生活的：上了地铁就开始打瞌睡、玩游戏、看武侠和言情小说，即使别人侵犯到自己的利益，也容忍不吭声，他们的生活已成惯性，他们的思想不会有太大的变化，生活也就不会有太大的改变。可惜的是，在干涸之前，他们不曾让自己鲜活过。"

Part 2

在奔赴梦想的路上
永无遗憾

梦想再微小，也会有力量

> 这不是一个励志故事，它就是两个普通人做自己喜欢的事儿，慢慢地靠近自己喜欢的方向。

每年高考前我都会收到很多信件，大都来自临近高考的学生们，他们问我："还有几十天了，假如没有考上父母喜欢的大学该怎么办？""假如复习不充分怎么办？""要不要出国读书？"他们很迷茫。

我是个大学退学生，这很多人都知道，我从不遮掩，也从没觉得这种身份代表了我的叛逆或骄傲。大学生、退学生、工人、农民、白领、公务员，这些不过是社会里的一种身份属性而已，如同博士后、博士、硕士，这些也不过就是他人贴上的标签。我们的社会习惯给他人贴上标签，并且在这些标签身份里附加给他人不同程度的赞赏或诋毁，这是不对的。因为社会就像一座建筑，它除了需要钢筋水泥，也需要沙土木材。钢筋貌似价格昂贵，但假如用它来盖木屋子，它就是废料；沙土貌似不起眼，但它也能捏出很美的陶瓷，在展览馆里拍出很高的价钱。

　　我走了四十多个城市，见过形形色色的人，这些年来，我习惯去了解不同人的生活。在青岛的时候，我结识了一个姑娘，她只有初中学历，初二因为家境贫困退学。那一年，我也刚大学退学，我们在同一家超市做收银员，她站在左侧，我在右侧。

　　中午，超市会做白水煮菜帮子给我们吃。我们靠在白色的墙壁上，彼此询问对方的梦想。那一年，我甚至连一台自己的电脑都没有，她也穿着地摊上买来的廉价裙子，但我们的脸蛋都被阳光烤得暖亮……她说希望以后能够开公司，当一个女强人，遇见一个自己爱的人。而那时的我，身上揣着的只有书摊上淘来的几本10块钱的盗版书，我说我会出书，把所有我想去的地方都一一去遍。我们彼此窃笑，谁都没认真想过未来的模样。

　　后来我们就分开了，只有偶尔的几次联系。在成都的时候，我们又碰面了，她挽着高高的发髻，戴了一副眼镜，我笑话她越变越像读书人。她说，她在学英语，以后会开自己的公司。那时候，我们都分别经历了几段不太靠谱的恋情，彼此揶揄情路不顺。之后，又是几年的不再相见。

今年春节，她给我打来电话，告诉我，她交了一个男友，大二学生，正在和她一起开公司。那时我已对她的情况有所耳闻，她夜夜啃书，男友又颇有头脑，他们彼此扶持，一年竟有几十万的收入。他们在成都买了房，付了40万的首付款。

有时她也会和我抱怨，说公司运营太累，每天两点一线，从公司到家，但话锋一转，聊到他们即将去国外旅行，还要装修屋子，又喜笑颜开。

她问我："翩翩，你现在过得如何？"我想了下，说我正在出书，正在一点一点慢慢来，走了一些城市，经历有好有坏，但若叫我明天就这么死了，我也值得了，该爱的人爱了，该做的事儿做了，该经历的也一一在经历。

我笑着问她："五年前的我们，靠在超市的收银台上，甚至贫困到吃白米饭都觉得香，你可曾想过，我们会慢慢践行我们的梦想呢？"她停顿许久："我知道，我可以的。因为我从来都是个不服输的人。"

命运就像怪兽，你赶着它跑，它就怕你；你吓得缩在桌角，它就张大口咆哮着去吓唬你。她不信命，我信人能改命，我们都是普通的人，若按照他人的角度来看，我们都是社会边缘人、底层人。我做着最不靠谱的职业，一心想靠写作谋生；她学历颇低，连成语都会打错，竟妄想去做一个公司女老板。我们都是别人眼中最不可能达到目标的人，因为我们的起点是如此之低，低于一个大学生、硕士生、博士生。但我们确实在做了，而且坚持在做着。

我讲这个故事，就是想和那些临近高考的学生聊聊天，像一个大姐姐和一群弟弟妹妹，回忆下自己走过的路。如果你们把这当作一个励志故事，那就大错特错了，因为它一点儿都不励志，它就是两个普通人，做自己喜欢的事儿，于是白天晚上都在做，就这样做了五六年，慢慢地靠近自己喜欢的方向。

有人给我写信，说："你作为一个退学生，你成功了，你达到目标了。"我从不这样认为自己，也不会这样认为我的朋友，因为我们都没有所谓的"成功"观念。什么叫成功？赚100万还是200万？出一本书还是三本书？走十座城市还是一百座城市？总有赚不够的钱，走不完的地方，人的寿命就这么长，想做的事儿很多。你认为你做到了A，但还有B需要你去做，C需要你去寻找。只要活着，生命就永无止境。成功的台阶也是，你以为你迈到了高处，其实你不过在山脚下——遥看着山顶飘摇的旗子。

我无心分享经验，也不过就是想告诉你们：大学——从来就不是人生必经的一个途径，就算复读，或者考上了中专、技校，也没什么丢人的。我们的父母朋友，有时会用他人的标准来要求我们，比如楼上的谁谁考了清华，你就要考上北大，凭什么？我有时很执拗，会询问他人，我凭什么要这么做？我这么做有什么好处？没有人能决定你未来要走什么路，就像孤身过海，他人送你桨还是送你泳圈，最终划过大海、和冰冷海水战斗的，是你自己。刀不切到自己身上不会疼，别人不会知道你走这条路是快乐还是痛苦。假如你向他人的意见服软，你就要拿出多年的青春难返去做代价。青春可贵，意志更可贵。"人"字之所以由一撇一捺构成，是因为你要靠自己的两条腿，去决定该走向何处。

我们从来都不是他人的我们、社会的我们、学校的我们，我们是自己的我们。你可以对着镜子问问自己，你是谁？做什么事情会愉悦？你上大学，你高考，是为了什么？你和别人有什么不一样的地方？你的长处在哪里？你长大了想当怎样的人？你再去看看你的父辈老师们，那些一向冠之以"成功"标准去要求你的大人，难道他们的脸上就没有颓唐，没有疲惫，没有过青春时听从他人意见而造成歧路难返的懊恼？

我不愿意将这篇文字当作文章，权当是回信。所以我俯下身子，和你们并排躺在草地上聊聊天，晒晒阳光。我们并排躺着交谈，手握在一起，不分你我。

当然，听取他人意见也是可贵的，但他人不能替你活，你要一辈子牢记住这一点，没人能替你活，所以你要活出自己来。

你为什么要高考？

你一定没想过为什么，因为我们上了小学就要上初中、高中、大学，就像自行车的一节链条，若某个环节断裂，我们就是他人眼里的落后者，可真的是这样吗？你在高中时学的那些数理化，背的那些政史地，你可曾真的感兴趣？你做的那些厚厚的卷子，难道你会保存到老？你真的喜欢那些你正在背诵的课程吗？

当总监时我去招聘，有很多学生来应聘，抱着一大摞奖状，表情洋洋自得，貌似都是天之骄子，可我问他们：你的这些奖状能证明什么？你若带着奖状来，就证明你内心是不自信的，你需要靠获得别人的认可来建立自我。成熟的企业，不会看你的这些奖状，因为奖状属于过去，只能证明你过去优秀，不能证明你现在优秀。

高考——我们的媒体也好，老师也好，常常把它当作一个桂冠，就像奥运会的奖牌，只有得奖牌者，未来才有继续领跑下去的机会。

可事实证明，我在走过的这四十多所城市里，从没见过某个人因为是硕士、博士，别人就会对你一辈子膜拜。若你能力不行，别人最终会弃你如棋子。人性很复杂，社会也不是多纯洁，它遵循丛林法则，高考拿到的那个所谓的大学奖牌，也不过就是你踏入丛林后的第一道盾牌而已。但你如一直秉仗这个盾牌，从不修理和加固，很快你就会被他人的明枪暗箭给刺穿，被野兽撕碎。

我写文有时颇过于残忍，所以我也在这敲打下那些觉得自己一定要考名牌、考重本才能光宗耀祖的人，你出了校园，入了社会，投入茫茫人海中，你一时的学历并不能代表什么。路遥知马力，把自己的脚力练结实，而不是把虚荣心裱身上，才是最重要的。

另外，我也很诚实地告诉你们，我们的教育观是有偏狭之处的，我们现在的教育很畸形，每个人必须要高考，三本就比二本差，还会把考入北大清华的人奉为榜样叫他著书立圄，这是不对的。人人都是公平的，老板不比工人傲气多少，不过就是吃的食物不一样，住的环境不一样。工人也能建造摩天大楼，站在脚手架上看到最美的夕阳，而老板也会坐着林肯轿车，在拥堵的车流里，拧眉托腮地为儿女学业或者夫妻关系分心。我曾经在一家杂志社做记者，采访过一些亿万富翁，他们的烦心事儿，叹气的次数，并不比那些打工的白领少。

若有心，去查查乔布斯、比尔·盖茨、马云等人的简历，大都出身平平。王侯将相，宁有种乎？马云曾经抱着一摞黄页，天天蹚臭水沟去走街串巷卖他的网站思路，乔布斯、比尔·盖茨也都是退学生，还有芙蓉姐姐都去北大演讲了呢。他们当中的有些人，甚至根本没经历过高考。高考是1977年恢复的，它不过就是检验我们在高中三年，究竟学过什么课程的一次普通考试。

一次考试能决定什么？就当去游乐园逛了一圈，看看自己的经验值如何。况且我在生活里见到太多学历很低，却受他人敬仰的能人。他人尊重的是你的人品、眼界和智慧，不是你的标签。

高考是什么？你问问自己。你为什么要高考？你再问问自己。你若想全力以赴，有何来不及？柴静去采访他人，临行前一个晚上苦看了一夜的土地资源管理知识，正是因为她的努力，如今《看见》一书才能销量过百万册。中国有句老话叫："临阵磨枪，不快也光。"把那些刷豆瓣、聊天、玩游戏的时间都收起来，把上厕所、坐公交地铁、看电视电影、和朋友打牌、为高考忧心的时间都利用上，一分一秒被浪费的时间加起来，就是可观的时间。

问问自己喜欢哪座城市，哪个专业，这比按照排名去报考他人眼中的那些一流、二流、三流大学更靠谱，因为大学不分层次，只分环境是否整洁，导师是否循循善诱，同学是否好相处，课程科目是否全面。人也不分层次，清洁工也能扫出整洁的马路，退学生也一样写文章、画画、拍电影，硕士生也会有被公司拒签、讪讪地出门而迎头撞见技校生的瞬间。我们都是同样的人，我们不怕高考会把我们领进不同的门，因为我们都有站在门前——被领进和被拒绝的时候。

在奔赴梦想的路上永无遗憾

> 就算要身兼好几份工作，去养活你的梦想，也
> 不要抱怨。

上高中时，老师们常爱提及一句话：好好学习，将来就能上大学。上大学这个梦想在无数的高中生心中腾起，就像燃放的烟花。

只是当冲过层层的题海迷雾，翻过一座座的分数大山，那些象牙塔的风景真的离你触手可及时，有些学生却迷茫了，因为这层层的迷雾后，是另一座掩映在迷雾里的难以攀越的塔尖。

他们质问自己：我们为什么要上大学？

他们懊恼：如果我在此度过了四年青春，是不是蹉跎了自己的生命？

很多人都以为退学是失败者的专有名词。因为在舆论的偏见里，只有学习成绩不好，或者性情孤僻的人，才会选择退学这条路。

可当越来越多入学成绩拔尖的学生选择退学后，我们的社会不禁提出一个问题：这些大学生究竟在想什么？特别是那些掏出巨额学费的父母，他们不解，为什么万人同挤独木桥都撑过去了，却要在摘取硕果的最后关头选择半途而废？

那些退学的孩子和那些渴望退学的孩子，究竟是不是废物，时间会给出一个公平的答案。

刚领到通知书的第一个月，我和其他的孩子一样欢欣雀跃。就像《爱丽丝梦游仙境》一样天真地幻想，大学时光必定是充满乐趣的，那会像一场灵魂的洗涤，当我们经过了四年的洗涤，会变成我们想成为的人。

好多报考大学的人无疑出于三种目的：一、与兴趣有关；二、与就业有关；三、为了混个毕业证。所以只要通知书送来了，不论专业冷不冷门、感不感兴趣，都会硬着头皮上。

有些人上大学的理由更是为了逃避复读、逃避和家人的相处、逃避世俗对落榜生的口诛笔伐。

记得我进大学的第一天，有学长热情接过我的行李，带我走进一扇白色的铁门；师哥师姐们提着暖瓶，穿梭在绿油油的树林间；假山上的竹亭里有恋爱的情侣；大喇叭里时不时调侃着系里的活动——这是我对大学的第一印象。

我被分到了上铺。蓝色的桌子，白色的被褥，一人一个抽屉，工整有序，不亚于军队宿舍。

接下来是开班会，选班干部。我因为从初中到高中都是文艺委员，进入了系文艺部。

每个大学都有这么一群人：张扬、另类，他们常常忤逆老师和班干部，结成小派，他们和其他系的男孩女孩打得火热，他们会成为意见领袖。

也会有这么一群人：只会趴在前几排的座位上安心地记笔记，永远穿几件单调而过时的衣服。他们目光呆滞，说话细如蚊叫，但往往是角逐奖学金的人选。

更多的是这样的人：上课时，特别是公开课，趴在后排座位上睡觉。下课后，就去逛街或者去门口的小吃街吃小吃，或者躲在宿舍里升级打怪玩游戏。你若问他们下节课是什么，上节课老师讲了什么，他们往往云里雾里。

他们往往很快就谈上了恋爱，然后成双成对地出入于图书馆、网吧、台球室、自习室。

我们的大学时光就这样被分了类：有些人为了学一门长技进了社团；有些人为了获得组织加分进了学生会；更多的只是为了能够尽快而逍遥地把大学四年时光过完，然后临阵磨枪地补课，把毕业证混上。大学对于他们而言，只是人生的一道必不可少的仪式、就业的踏板、加冕的光环。他们都像关在窗子里的飞蛾，借着膨胀的荷尔蒙发泄着青春的欲望，殊不知玻璃外等待他们的——是怎样残酷而拥挤的世界。

我的大学很严苛，也很普通。它和其他大学的区别就是：每天早上都要升国旗、跑早操、上早自习，要穿校服戴校徽，夜晚还要上两节晚自习，11点后就会有护校队带着手电筒挨排搜查小树林和荷塘旁，11点半会有学生会的人挨个搜查宿舍，打考勤，之后准时熄灯睡觉。

每一项程序，都让我如处流水线的一环。我们就像亟待打包的商品，每一关都会有一个质检员不请自来地给你盖章和填表，决定你淘汰或晋级的命运。

在这样的大学里，每个学生都得不到自由，无论是学习还是恋爱。学习是被逼上架，恋爱是见缝插针。有时我也会和其他大学的朋友打电话，他们惊诧我的大学管理之严苛，我艳羡他们的大学管理之活泛。

我在大学，也有一些能聊得来的朋友，但大多也就仅限于化妆品、衣服和其他系的男孩。那时甚至包括现在的大学，很少会有学生谈论国家大事和个人前途，大家都浑浑噩噩地熬着一天又一天，打水吃饭、上课下课、恋爱分手，大家似乎都下意识地以为自己所学的专业就会决定自己未来的职业。

直到退学多年后，我在人人网上看到，曾经最温柔的姑娘当了操着手术刀的医生；那个幽默的矮个子竟当了保卫边疆的军人；一向沉默的大高个端起摄影机当了报社记者；打篮球的小伙看守着图书馆；天天趴课桌补觉但成绩优异的哥们儿走街串巷当了药贩子……泼辣变端庄，轻狂变稳重。看人人网犹如穿越时空，而真正不变的唯有还在黑板上写写画画的老师们。

时间就如马良神笔，不知不觉改变朝夕，而我们也后知后觉地感慨：大学的专业，又能决定什么呢?

我会退学，是我刚进大学的第一个月就决定了的事。出人意料的是，当大家都认为退学必是坏学生的专利时，我意外地发现我的入学成绩竟是全系第一名。同样吃惊的还有我的系主任。

因为一系列的蝴蝶效应，恕我对这些事保密，我发现大学里的人和我想的很不一样。

这个小社会，和一墙之隔的社会相比，唯一的区别就是，它的算计是暗暗的，有些交易或抹杀也是暗暗的。它让本就出于功利目的而上学的孩子们，变得更功利，更丧失了独立思考的人格和思维。

我觉得很可怕，这种可怕不光是一模一样的校服和每个系学生会为了加分不择手段地暗中较量。更可怕的是，我发现我变成了只会低头啃食的鸵鸟，不懂得抬头看看周围的世界，更不知如何对那只把我摁进食槽里的无形的手说不! 我变得越来越同质，只知为了考试而考试，为了过级而过级，为了不被系规处罚而上晚自习，为了不寂寞而去恋爱，为了不掉队而去交朋友。

我就像被这只手捏着，捏成一个只能对系规说"Yes"而不能说"No"的机器人，哪怕这个系规让我如此被束缚和压抑。我的遥控器被那张毕业证擎着，我为了毕业只能抹杀掉一切个性。

我不知道为什么只是短短的从系楼到宿舍的路，我要走得这么缓慢……我看着这表面绿油油背后却藏着不知多少避孕套的树林，我夹着厚厚的试卷和写满微积分却完全不知对我的人生有何作用的教科书，我学着一些我根本不知道是什么的庞大而复杂的课程：生命解剖、芭蕾舞、钢琴、心理学、书法、高等数学、天体物理……我像被操纵的机器人一样机械地为了过关而挥舞着篮球，摆着钉子一般的舞步，讨论着几根线的摆放位置和无穷空间。我站在镜子前，觉得自己就像个没有表情的无脸怪，表情艰涩而刻意。

我不知道我为什么要学这些，我也不知道学会了这些，我是不是就真的能成为自己想成为的人。

我一直都有个梦想，能够做记者，去写一些伸张正义而鞭挞邪恶的报道。出于机缘，我认识了晚报社的一位记者，他带我去采访白血病儿童，穿梭在城乡接合部和稻田丛莽里。我觉得能够自由地行走，才是我活着的意义。

图书馆是我最好的朋友。我的课余时间，有一大半都是在图书馆里度过的。

有一天，我问同桌："你的梦想是什么？"同桌是个长发如瀑、笑起来甜甜的姑娘，她看了眼手腕上的饰品："我想以后开个自己的小店。"

我的问话就像发酵剂，在我和周围的几个同学里产生了效应，大家你一言我一语聊着各自的梦想，有想当教师的，有想开化妆品店的。我当时正在笔记本上写字，同桌问我："翩，你的梦想是什么呢？"我抬起头，若有所思，彼时我正在写我的长篇小说《城市里的最后一只猫》，我用洪亮却有些不自信的口气说："我喜欢写东西。而且，我想在 25 岁前环游中国，把我喜欢的事情都做一遍。"

我在图书馆里一本接一本地搬书，有时读书到深夜，合上书本，我觉得外面那个一墙之隔的世界奇妙无比。那个世界上，有最后一个持枪的滚拉拉的村落，有高山和潜着水怪的湖泊，有各色脸孔的人和各种方言风俗。

我迫不及待地想去书上描述的世界走一走，看一看，在我的腿脚最灵活、眼睛最澄澈的青春年华，去走一走，看一看。

我第一次，用确定又不是很确定的口吻和我的同桌说："我可能会退学，我不想把我的青春浪费在这牢房里。"

同桌抬起眸子，她的眸子里有什么在闪着光："你确定？没有学历你怎么生活啊？你的爸妈能同意吗？"

真正开始考虑上大学的意义，是在一次系主任的课后，看到我们系楼的墙壁上，有红漆刷的6个大字——"自省、自持、自察"。

自省就是自我反省，自持就是自我保持个性，自察就是自我观察。

"你们在大学里，要学会的不是书本上的那些知识点，而是这6个字——自省、自持、自察，你们时时刻刻都要反省自我，保持自我的个性，观察自我和周遭。"

《动物世界》里有一集，说的是一种在沙漠上生活的鼬，它们常常团队作战，有些捕食，有些就坐在后腿上观察猛兽的动向。

人的社会，不像动物的社会。在现今的物欲社会，人和人的关系随时会因利而亲，也会为利而散，哪怕亲人亦如此。就算是短暂的抱团而战，也常会为谁来当领头羊，而较量得死去活来。

人天生就是喜欢权力的，喜欢他人对自己的崇拜感，但这种崇拜感又往往会让沽名钓誉者丧失了观察力，被另一个投机者顶替。现在的社会，由于教育上的功利，越来越多的人被教育得只肯当人上人，丧失了伦理和平常心。

我一不爱和人竞争，二不喜欢逢迎拍马，三亦不喜欢受他人摆布，当他人逐名夺利的殉葬品和替罪羊。

我是个性格比较怪的人，常常在自己和他人之间隔开一条线，以保持自己思想的完整性。我在大学里，学得更多的不是我要什么，而是我不要什么。我觉得大学应该教会我们的，不是融入这个队伍需要多少种手段，而是如何在这个队伍里，依旧能够思辨地看待问题和独立地相处，做到自省、自持、自察、自尊、自爱、自信。

在路上我也遇见了很多外国的大学生，他们有些正在做间隔年旅行，谈吐中自信满满，亦尊重他人，进退自如。而中国的大学生，最常出现的一个症结，就是过于懒惰，需要别人把知识嚼碎了喂给他们。他们不知怀疑、不敢对教科书发出疑问、盲信权威、不懂创新、不懂实地查找真相。如果你和他们辩论，他们会通过百度或谷歌去查找已有的数据，以证明你的想法错误，同时证明自己所知甚多，这是另一种形式的不自信。

我曾经遇见过一个法国的留学生，她对中国的古典建筑一向感兴趣，因此她为了能多接触中国古建筑，独自逛了苏州园林、北京的四合院、丽江的四合院、乌镇的水楼、广州的骑楼等。但如果是同样的中国大学生，他们并不是为了兴趣而去考证，不愿意亲身去当地查看，摸摸砖、量量木头、问问乡邻、跑跑资料馆。他们只会查找百度和谷歌，不是模仿而是抄袭，他们只是想把论文应付过去。

有时，也会有人给我写信问："你退学后都做了什么？""能不能提供你的经验给我参考呢？"这种信件更突出了学生们的懦弱与懒惰。且不说我的退学经验，对他们本就不适用，没有人的人生是他人的范本，还要加上运气、人脉等博弈元素。如果他们一定要看到别人成功了，才愿抬脚走出第一步，那他们本身就只是照猫画虎，是他人的抄袭者。

胡适说："懒人不敢模仿，所以绝不会创造，一个民族也和一个人一样，最肯学人的时代就是那个民族最伟大的时代。很多人轻视日本的恶习，却抹杀了日本人善于模仿的绝大长处。"日本的山水人物画、和服、插花、茶道、纺织品，都不得不说是世界一流的。而有谁关心过，他们都是模仿中国的产物呢？所谓"青出于蓝而胜于蓝"。

中国的大学生们，对大学成见颇深，都认为大学抹杀了学生个性，耽误青春，但又用重复而无聊的爱好去消遣青春；厌倦圆融处世，但又蒙混掩饰。对于不喜欢的事情，你有两种选择：一、适应并改造它；二、远离它。

我曾把退学后的一些经历分享出来，给一些人留下了退学很浪漫的印象，并相继有人追随我的脚步去退学，但退学后却不知道该做什么，给我写信，问我："我退学后要做什么呢？你都做了什么呢？"

我在吃惊的同时也会觉得这些人过于鲁莽，我在退学前，已经发表了些作品，也相继认识了些杂志社的编辑，以保证我能在退学后养活自己。在中国，有些事情，除了靠努力，还要靠人脉和运气。

同桌曾经问过我一句话："你退学后就不怕你爸妈骂你，不怕别人瞧不起你，不怕找不到好工作吗……"我在犹豫了几天后，告诉她："我既然敢退学，就敢去忍受辛苦。"

那些艰辛的日子我不愿谈及，要不就会变成诉苦大会。只是，在退学前夕，你可曾问过自己：你为什么要退学？你的兴趣是什么？你能否靠兴趣去养活自己？你要有怎样的准备？你是否能忍受得住偏见和苦难？

关键不是你敢不敢，而是你怕不怕。怕不怕他人瞧不起你，怕不怕饿肚子，怕不怕在梦想破灭时，依旧能从泥沼中起身，怕不怕没学历依旧敢去毛遂自荐，怕不怕挑战舆论。一个人的勇气是有限的，但是梦想无限，而你如何能找到最好实现的那个梦想呢？

就像两点之间，直线最短。你需要做的，不是先画线，而是先找到大学所连接的另一个点，一个让你想起它，就会斗志满满，哪怕是屡战屡败，也愿屡败屡战的点。

如果你决定做了，就不要后悔。从模仿开始，去创建自己的人脉，去搏一搏运气，去实地查看一番，摸一摸、碰一碰、找一找……在有机会时，努力地抓住，有了机会再难也不要放弃。就算要身兼好几份工作，去养活你的梦想，也不要抱怨。

大学从来就不是人生必经的一个仪式，就像人不一定要通过成年礼才能证明自己已成年。成年是敢于批判不对之处，敢于为了争取权利去挺身而出，敢于承担义务。一个人，你必须要对自己负责任，自省、自持、自察，才能对家庭、对社会、对国家负责。

许多年轻人缺少的不是勇气，而是这勇气找错了方向，往往变成了逃避压力。一个退学的人并不一定是勇士，但是在退学后，要能够不顾世俗偏见，坚定而仁善地走在自己选择的路上。要像普罗米修斯一样一次次把巨石扛在肩膀上，一次次点燃希望和公正的火焰。如果想做记者就要做到，就算有秃鹫啃食到你的鼻尖，也能举起相机，拍下眼前惊心动魄的一幕。这样的退学族，才是社会的脊梁，他们的退学，才是有价值的。

我在当了管理层后发现，现在的学生普遍心高气傲，你想教会他们一些职场上需要的礼仪和专业知识，他们往往自负地回答："我在书本上都学过了，我都会。"要知道书本和社会是脱节的，在公司和企业里，你的每一天脑力和体力的投入，都要计算到成本里，一个企业不会招一个花太多钱却根本不能为自己创收的自满族，一个识大体的企业也不会单靠学历来招揽人才。这也是因为，中国的大学生就像一张单薄得打满了对勾的考卷和烫金的文凭，不是一个立体而饱满的、懂得灵活思考和工作的人。

当你为了应付而去应付，就注定哪怕你退学，依旧是个逃避者。因为风可以把细菌带到任何地方，这世上，本就没有"何处惹尘埃"的清净之地。

在困顿中，默念即将出发的日子

> 我在无措时，就去后厨洗碗，心里默想着洗多
> 少个碗能换来去哪个地方的路费。

大学刚退学的第一周，我一个人躲在伊犁的都拉塔口岸。

口岸很荒凉，随处可见矮黄的沙棘，它是一种长在新疆沙漠地区的坚韧植物；还有能当柴火的梭梭草，有些像长在陆地上的珊瑚，一片一片连在一起。

都拉塔口岸距哈萨克斯坦阿拉木图市约250公里，从西向东望去，能看到连绵的草原。可惜我奔赴此处时，已是大雪初下，白皑皑的雪堆在路旁的高石上，就像肩膀堆雪的隐居山夫。

路旁有陡峭的山崖，山崖脚下有废弃的简装石板房，一座座空空的，把头探进去，就能听见风从四面八方呼啸着卷入你的耳廓里。

雪水化开时，有脏兮兮的液体从门缝下流出。

　　我待在一个铺着保温油毡子的小饭馆里。饭馆位于高速公路旁，公路上跑着大型卡车，车厢里装着满满的钢铁和煤炭。经过的时候，颠簸的轮胎就会卷起地上的浮土，土连带着晒干的牲畜粪便颗粒，飞散在空气里。时而有一头金发或褐发的大胡子老外从车窗探出头来，冲包着头巾、鼻子冻得通红的姑娘吹口哨。

　　我走在雪原里，脚印就和雪冻在了一起，就像两个分手后重逢的恋人，紧紧地搂在了一起。彼时的我，是这家饭馆的服务员，常提着一个三分之一人高的大铜壶，壶嘴吱吱地冒着热气。我常从一条小道小跑到另一条小道，捡来马粪，热香喷喷的奶茶，给沿路的司机和商人喝。有时水没烧开，就跑到帘子背后的后厨洗盘子。

　　饭馆里经常有哈萨克斯坦人光顾，他们的饮食习惯有些类似欧洲人，喜欢吃洋葱、酥油、沙拉、牛羊肉。我把洋葱不好的地方拿菜刀切去，又洗净西红柿。那时的西红柿价格昂贵，沙拉和洋葱炒肉什么的，都是饭馆里赚钱的营生。我还要把煮熟的土豆剥了皮，剁成泥，再把生菜剥开，兑上新鲜的沙拉油，满满地堆到盘尖。老外们常常吃得满面红光，但多不给小费。

羊是刚准备过冬的肥羊,吃了一个夏天的鲜草,还没来得及消化脂肪,肚子里油多得很。把羊尾巴炸熟,炼成油,拌上白糖,捏成包子蒸到笼屉里,就是鲜润却不油腻的羊油包子。羊肋骨用炭火烤熟,把肉连骨头剁碎,摆到盘里,再洒上洋葱和胡椒粉、咸盐,就是美味的炭烤羊排。

哈萨克斯坦人不吃辣,嗜甜,他们喜欢用刀叉吃新疆手抓饭,更喜欢喝加糖的红茶,都是当饮料来喝。这红茶,本是新疆人喝的奶茶里的茶汁,拿一种犹如砖块的茶叶,敲碎了放一匙到热水里煮就成了茶汁,再加上牛奶,就是奶茶。可哈萨克斯坦人不爱奶茶,却爱喝加糖的红茶,他们不知从哪儿听来的,喝了这糖茶长力气。有时我刚端上一壶,几个人几分钟就喝光了,然后就敲着桌沿问我要,有些等不及的,就去抢别人桌上的,或者把别人没喝净的添到自己碗里,甚至会为了多抢一口茶打架。他们给这种饮料起了个很好听的名字,有些类似"巴哈古丽"或者新疆话"美丽的花蕾"之类的。

我有时切好菜,就抱着一只一尺长的黑猫,坐在马扎上听他们聊天。他们有时说俄语,有时说英语,有时又操着半生不熟的汉语,有时会叫我给他们多添两匙白糖,或加瓶啤酒。

哈萨克斯坦产煤炭、钢材、木材等重工业产品,却缺少水果、牙签、盘子、砂糖、布料等食品和轻工业产品，有些手脚不干净的，会偷了饭馆的盘子和牙签盒，甚至会连带把易拉罐做的简易烟灰缸都偷走。

有一次，我逮住了个女的，她看起来很漂亮，红发褐眼，穿着讲究，却把饭馆的瓷勺子塞到袖子里。我装作注意到她了似的，走上前，干咳了几声，她就略作脸红地掏了出来，摆在了桌子上。

其实也并不是家穷，据一些会汉话的哈萨克斯坦人说，中国的东西做得太漂亮，就像工艺品，拿回家摆在家里的橱窗里，有些类似中国人的"某某到此一游"的纪念意味。

那时，我常穿一件紫色的 V 字领长袖 T 恤，长袖上写了几个英文字母，配上淡蓝色的洗得发白的牛仔裤。这件长袖 T 恤，是我和初恋首次约会时，我用打工的钱赚来的，性感却不淫狎。不过还是有些男人，会斜睨着看我。

他们忙完了，会聚在饭馆的炉子旁，挤成一堆烤手，眼睛、鼻子都冻得皱在了一起，此时他们会把毡靴子脱下来，倒挂在炉子的铁丝上。有个戴运动帽、鼻子高挺、一米八几的英俊男孩，抬手示意下他头上的帽子，问我要不要，我摇摇头，就有另一个瞳孔发灰、披散着卷发的男孩撞撞他的肩膀笑话他。

我能听懂一些英文，但不说，我只和我怀里的黑猫玩，猫咬着我的指甲，调皮地想把我膝上半开的书合上。书页翻动着，夹带着屋子里有人喝醉了划拳的嘈杂，后厨碗碟相撞的声音，火塘里牛粪和柴火噼啪碎裂的声音，还有男人喉结咽口水的声音，掰手腕肌肉撞到桌子上的声音，以及女人奶着孩子，婴儿嘬吸着奶头的声音。

我洗了一个星期的碗，然后开始等待进城的车接我去火车站。

刚退学时，因为家人和学校的不理解，我就像仓皇逃窜的犯人，躲进了这穷乡僻壤的山坳里。这里最恐怖的是夜晚要冒着零下三十几度的低温，在积雪反射的月光里解手，脚下就是三四米深的大坑，大坑上搭着两根宽不到十厘米的木板，只能小心翼翼地踮着脚尖踩在上面，连下蹲和后退都很困难，随时会因失重掉下去，可以听见木屑随着冷空气脱落的细小声音。

我在无措时，就去后厨洗碗，赚够我的盘缠，心里默想着洗一个碗多少钱，洗多少个碗能换来去哪个地方的路费。

有时，我要一个人抓着手电筒赶路，去捡越来越难捡的木柴，能听见有男人和女人的声音，从那些废弃的石板房里发出，大声吵架，或粗重的喘息……

　　我装作什么都不知，只是在心里默念即将出发的日子。有一个我信任的维吾尔族大叔，会在一周后用卡车拉我进城，他要去城里贩卖木板。城内有接应的同学，已帮我买好了去青岛的火车票，硬座，绿皮火车，全程三十六小时。

　　晚上觉得冷，就搓搓因洗碗皱皱的手。有几只牧羊狗，生了小狗，老狗舔着小狗的眼屎，小狗安然地摇着尾巴。我就在猫的呼噜声，老狗偶尔的低吠里睡去，翻上几个身，天，倏忽就亮了……

孤独上路是最好的告别方式

> 人还是孤独上路比较好，毕竟我们每个人都是
> 孤独出生在这个世界上，再孤独地死去。

　　我是个很少和人主动告别的人，那种彼此相拥在公交站台前，泪水滴在对方肩膀上、互道珍重的事儿，我做不出来。我害怕眼泪，害怕眼泪冲碎我心里的勇敢。我要留着它，去另一座城市，在坚固的混凝土里——生根发芽。

　　朋友们常会和我说，你总是这样，来无影去无踪，像风一样，悄悄地来到某座城市，也从不打招呼，电话又常更换，我们总找不到你……我起初还会笑笑，揶揄几句，我本就是那么随性的人。

　　我是个坚决不怕死的人，为此骨子里带着股执拗的、像小犀牛要刨穿冻土的果敢，想做的事儿就会一一去做。有些人，我大多将其视为过客，我也是他们人生的过客，像两条并流的溪水，我们汇

成了一条大河，纠缠呢喃，但到了天明，又要向各自的方向流去。

有一天，我和爸爸站在家乡的一条长河的堤坝上眺望，因为气温上升，河水被蒸腾出了一层雾霭，远处的树就影影绰绰地漂浮在碎冰上，像失去了根一样。我心发感慨，语气也低了，问我爸："你看这人生，像不像一条河，从冰冻到解封，再到慢慢流淌。我们每个人都这样流着，直到有一日，彻底干涸了，我们就死了。"

我爸不说话，他只是斜着身子看我，鬓角的白发根根可数，他老了，嗓子眼里开始有了老年人的闷闷的杂音。

有天我和他并坐在沙发上，他买了新手机，叫我给他下点儿歌曲。他笑说："你这次多给我下几首，下次我们见面，也不知道是什么时候了……"我忽然鼻酸，忍不住想好好端详一下父亲现在的模样，在脑袋里再记牢些，怕下次再见到他，他的模样又会苍老了一大截。

我们和父母相见的日子，被几个几年又几年隔开。我们去大城市追寻梦想，却把最柔软的想念抛在了故乡。而每次时光都像变把戏一样，你再次探家，父母的白发又多了几根，记性又差了那么一点儿，你会下意识地想搀扶他们过雪地，怕他们会摔倒，可他们还是会故作潇洒地甩开你的手，就像儿时由他们牵着我们的手一样，会想反过来去牵着你……

我看着父亲渐渐苍老，他看着我慢慢长大，我们就像时钟的两个面，彼此看着生命的齿轮一格格地走到该走的位置上。父亲自不懂，为什么我在成年后，变成了如此冷漠而矛盾的模样，想离开一座城市总那么决绝，也从不与人告别，也不说想念，电话又常年不是停机就是关机，就像一个从来不需要保护的隐形人一样。他自是不懂的，常年在冷水里生活的鱼，是不能习惯热水的温度的。"家"这个词对我而言，不过就是短居的屋子而已。一个人，若从少年起，就在患得患失里度过，过着续不上根的生活，他在长大后，自然就不会对任何一个物体和情感产生依赖。

依赖一座城市和依赖一个人一样，都很可怕。若被抽走了这份依赖的载体，人会像失重一样，变得孤独、胆小、脆弱。我是不允许自己变脆弱的，虽然骨子里有时也会变得像个小孩一样，会想哭，想躺在某个人的怀里吼一吼。我害怕长出根，因为害怕这个根会被一些强大的、我们无法控制的理由给铲断、碾碎……一个人若从来没得到过，自然没什么可害怕的。但一旦得到，又失去了，就会心伤无比。

不喜欢和人主动告别，也不喜欢别人送行，也是这般道理。若是自己一个人，提着七大件八大包的行李，在地铁站里狼狈挤车，或是在候车室里百无聊赖地翻弄手机，观察路人，也不觉得多孤独多无助。一旦享受过热烘烘的、被七大群八大群的朋友送行的温暖，下次再离开，就会不禁失落。

人还是孤独上路比较好，毕竟我们每个人都是孤独出生在这个世界上，再孤独地死去。我们和他人，都不过是彼此人生的过客，谁也无法彻底钻到某个人的肚子里，去觉察他的伤悲痛喜。

朋友问我："为什么你来了，却不告诉我呢，若告诉我了，我就去接你，或送你。"他们给我安排了接风宴，也安排了送行礼，我笑笑，坐在他们中间，不多话。虽然嘴上不愿承认，但能有一个人牵挂你的归程去路，还是很幸福的。

我们这些毫无血缘的人，在茫茫的一座城市沙漠里，遇见了另一个人，就产生了需要的渴觉。我们短暂地卸下防备，把胸腔里最柔软的那一部分心事袒露出来。我们像两条跋涉了很久的河一样，在一座盘起的树根下亲近、拥抱、抚摸。

我们把对方视为生命的一部分，并且无私地拿出生命的一部分去共享。我们都将对方视为最可相信、最牵挂，在陌生城市，最希望他能来陪自己讲讲话的灵魂知己。

我们都这样渴望爱，渴望依赖，渴望被依赖。我们都宁愿相信，我们面对面坐着、笑着、搂着、哭着告别的时候，我们是有安全感的……

我不会告诉他们，在地铁站的穿行口，我是有悄悄回头眺望一眼的，他们的影子渐渐被更多的人流掩盖。

我也不会告诉我的父亲，有一日我想过，他也许会这样老着，老着，从此就消失于我的生命里，而捂着被子痛哭不言。

我不会告诉他们，我曾经流着眼泪地，在陌生的、我已走过的四十几座城市，这样想念过他们。

我谁都不会告诉……

这是一场看不见的，躲在心里的，悄悄的告别……

停顿，是为了更好地出发

> 停顿是为了更好地出发，我们终究要习惯得失，
> 习惯孤独。

我从这个世界出发，摸爬滚打，跌跌撞撞，以为走了很远，其实还在这里。

多少个夜晚不再做梦，纵使做梦，也是做些在追逐的梦。和高中的同学们结伴春游，却被车子落下，茫然无措地站在车站前，也不四处张望，似已预知了这种命运。坐在校园里，梧桐树透下灿烂的光斑，似有蝉鸟在自鸣。但只是疏忽了一次上课或下课铃声，一切就变了，之前郁郁葱葱的林园变成矮胖的山头，叶子枯萎地缠在黑板上，熟悉的声音都变成空寂的风，刮过来飘过去。手指伸出去，在空气中，什么都没有抓到。

似乎一切都是预知了的。人有时真的很奇怪，即使是梦境，也

会有理性的克制。理性是一种保护，提醒你不要奢望太多，奢望过多就会跌得很惨。人从一出生就会被很多事拉住，而丢掉其他一些事，没有什么可以持续永远。

童年是被渐渐膨胀的心事给拉下来的，不知为什么小时候每每放在摇篮前就能让我们破涕而笑的玩具，却再也哄不好被父母"咔嗒"锁紧的门锁声弄哭的我们。日记逐渐写厚，儿时的玩伴，撒尿和泥巴长大的玩伴，到了少年，也各自划下新的地盘。

总有你无法走进的角落，不知何时就会被拉下去，却还要故作孤勇，步子加快，紧赶慢赶。

到了冒出胡须或胸脯挺起的成年，更是被一些他人都在追逐的、七七八八的东西给拉住。恕我不能完整形容那到底是什么东西，因为身边的每个人都在追赶，他们像熏红眼的豹子一样追赶，像缠紧的蛇一样紧紧箍住……有人称其为梦想，有人捧叹其为爱情，有人名其曰成功，但大部分时候，生活常将不公加于他们。

所以总有人无法偿愿，总有人哀叹着，惋惜着，伤感着，成为患得患失的中年人。

总有人，从未青春过，却已彻底衰老。

若得知，遗憾是生命必经的形态，也会知足，就像开一列火车，先穿过黑暗狭长的幽谷，当光线蒙到闭合的眼睑上，才会有热情四散溢出的兴奋。光芒从未失去，就像黑夜只是白天的蛰伏。

一个人，从出生就是孤零零的，横躺在羊水里；生病，也是细胞组织与病毒独自在抗战；恋爱或分手，都是自己把感情蒸到沸点，或自疗伤口。我们终究是孤独的作战者，忍受着病痛离别，那些快乐或激动纵使告诉他人，也无法彻底被人领会清楚。

成长就是一次次说服自己、接受现状的过程。人活着就是孤独的，就像万能青年旅店的歌词："愉快的人啊，和你们一样，我只是被诱捕的傻鸟，不停歌唱；悲伤的人啊，和你们一样，我只是被灌醉的小丑……"

想到此，就不会觉得黑夜无人相伴是痛苦，父母或朋友的不理解也是常事。必然没有人能无私到把自己的身心都彻底分享给另一个人的地步。大部分时候，我们若能拿出生命的几分之几，能探出情绪触角，去叫对方打捞到一点儿情绪，已算是莫大信任了。可很多时候，人总会有些"丑事"无法说出口，把自己的美丑恶善都彻底表现出来，去叫一大群人品头论足，是件危险的事情。因为你不知道披毯后是否藏了利刃，自己小心藏起来的秘密，可能会沦为其他人转身品谈的笑柄。

可人都是有趋善性的，所以温柔的爱笑的人，运气总会好那么一点点，那些打着励志治愈牌的书籍电影，总能哄来更多的追捧。因为需要善，需要笑容，需要信心，去驱散、轰走心里埋起来的一点点小邪恶。

爱是美好的东西，再坏的人也需要爱，他们因为缺失爱，才去做坏事。我们无法触碰爱的形状，可它在我们心底呼唤着，哪怕会让你在黑夜盼守出眼泪。

那天看韩剧《三个爸爸和一个妈妈》，三个青涩的大男孩因为好友无法生育，捐赠了精子，好友突然出了车祸，留下怀孕6个月的爱妻。男孩们陪着遗孀，一直到小生命诞生。

生命在腹内孕育的感觉真的很奇妙，在你的腹内踢蹭，吮取着你的营养，你的生命与腹内的生命息息相关。我们每个人，都是如此被母亲小心呵护着孵育出生的。就像男孩们给宝贝唱的庆生曲一样——《你是因爱而生的人》。

纵使这之后的命运各自迥异，有人成功有人失意，但降临到世界上时，我们都揣着同样的祝福和暗喜，都因爱而生。

爱不会缺席，再恣意疯狂的人都会衰老。

流浪时，在四五十座城市瞎窜，从未想过要和哪个男孩暗结连理，更未想过会改变身份。少年时，自由大过天，一心想出走，草场上撵撵牛，追着雄鹰的翅膀翻过山头，哪怕是白水就馒头，躺在乱坟岗也兀自觉得有情调。少年时更是常对他人的生活方式嗤之以鼻。

多年后才明白，成熟会包容各式各样的生命形态。生活不是你我所想的，一夜之间就可以坐在摇椅上慢慢摇，没有那么骤然加速，没有那么戏剧，受伤时，也不定有多少人抚慰你，甚至你敞开的善也不一定就能得到善的回应。

但却明晰一个道理，停顿是为了更好地出发，我们终究要习惯得失，习惯孤独。因为谁也无法预料到你失去的，会不会在你停顿修整时，以另一种形态回归。

我们终究要一人告别这个世界，不带知觉，不带任何亲属，就像以第一声啼哭，摸爬滚打、跌跌撞撞、再次降临到这个阳光璀璨的世界。

你把时间安排在哪里，哪里就构成了你的生命

> 不要小看你错过的每一分钟。因为你本可以抓
> 住这一分钟，去成为你最想成为的人。

你准备写一篇稿子（或 PPT、方案），或准备打开一本书来看，你踌躇满志地打开了电脑，或撕开了新书的塑封膜。

你忽然想起了微博上那几个你很爱看的八卦博主，想知道他们有没有分享新的明星的八卦事儿，于是你先看了半小时的微博。

你又想，既然要工作，必然要有好的气氛啊，你又在音乐网站挑了十几分钟的音乐，一个歌一个歌地点下去，最后选了安静的民谣。

好啦，终于找到了喜欢的音乐，你忽然觉得，在这样美好的天气里，音乐和零食是绝配哦。你又起身，打开冰箱门，取出了酸奶和冰淇淋、薯片，堆在高高的书桌上。此时，你的文档依旧是空白，

新书一页也没有阅读。

嘟嘟嘟，朋友打来了电话，你想，一定是有什么着急的事儿吧，这个电话可能是邀你出去玩或者一份很好的工作机会，或者你期待的快递信息，或者哪怕是好朋友的一番牢骚，这个电话的吸引力实在太大，不接，总是不好。

你接起电话，用冰冷的语调拒绝保险公司的推销，或者兴高采烈地和朋友讨论了一个多小时新看的电影，昨天吃的一道好吃的菜，哪怕是路边一个憨态可掬的狗，你也绘声绘色地拿来和朋友调侃了十几分钟。

挂掉电话，你突然觉得内心一阵空虚。从早上9点，迎着太阳起床，你本打算烤着暖煦煦的阳光好好地学习（工作）一天，可已经到午饭时间了，你还是什么都没有做。

你开始产生自暴自弃的想法了，你想，今天自己一定是会好好工作的，所以一定要吃一顿色香味俱佳的午饭来犒赏自己，你依旧对自己的工作激情心存幻想。

你又开始打开几个熟知的外卖App，开始挑选中午是吃黑椒牛排饭套餐，还是简单的一顿鸡汤水饺。为了查询店铺信誉，你又挨个翻看了一百多条评价。

你在翻看评价的时候，忽然想起了，三天前买的运动裤究竟寄到哪里去了呢，怎么还没收到？你又打开了淘宝，查询快递进度，忍不住首页花哨的推荐，你又用了一个多小时的时间买了件黑色打底衫，又选了一箱子罐头和几袋牛肉干，还顺带帮家里的肥猫咪挑了几袋猫粮。

啊哈，真是太赞了，物美价廉啊，你心里得意地想，自己真是太会过日子了。你已经把今天要做的工作抛到九霄云外了。

你继续吃零食，躺在床上看美剧，心里虽然有所愧疚，但你想，没事儿，没事儿，不就荒废了一天嘛，时间多的是，明天早上早点儿起来学习（工作）就行啦。你看了几集，就困得睡着了，等你再醒来，已是黄昏，深深夜色犹如你忐忑的心情。

你开始洗漱，在一天的侥幸和内疚心态里绝望地刷牙、洗澡。你更没有做事的心情了，你想时间就剩那么几个小时了，天都黑了，一定做不完了，你抓耳挠腮索性彻底放弃，你终于说服了自己：算啦，明天还有时间嘛。你躺在床上，也不禁回忆这一天你究竟做了什么。

在接电话的时候，你的心里好像跑着一只烦躁的小马驹，总有什么事儿没干完，所以你聊得心不在焉，嗯嗯啊啊地应付着朋友的提问。

吃午饭的时候，你想一定要快点儿吃完啊，你囫囵吞咽，草草地扒光餐盒，你根本没有好好品尝食物的美味。

听歌的时候，你的脑子里昏昏沉沉，究竟听了什么歌曲，你根本记不住，听音乐不过是你再一次拖延工作的借口。

买衣服和零食的时候，你任性地快速下单，根本没有好好考究这件衣服的质量好不好，穿在你身上合适不合适。

看美剧的时候，虽然你嘿嘿嘿地笑着，可你的大脑里总是跳出来一个小人，不停地敲打你：啊喂，你实在太懒啦，你这样简直无药可救！你越沉耽于剧情对自己的厌恶就越深。

洗漱的时候，你已经彻底绝望了，你也许要为这份没做完的PPT和没看完的书付出惨重的代价。你可能明天早上要定好闹钟，在天未亮时东拼西凑，你会因为质量过差以及第二天瞌睡连连被领导责骂，你会失去一次表现自己的加薪升职的机会；你会为此错过托福、考研，你也许会考很差的毕业成绩；你可能一辈子都这样敷衍着自己的人生，然后成为一个永远在找借口，绝望又拖延的屌丝。你会一天又一天，因为一些无关紧要的小事儿，一次又一次地错过成功的机会。

你的人生将永远比别人慢半拍，差一截，你将一天又一天地荒废时间，与失败纠缠，最终变成一个郁郁不得志的废人。你为什么要这么做呢？

时间对于我们每个人都很公平，每个人一天都只有 24 小时，1440 分钟，86400 秒。你拿这一分钟来开小差，找借口，敷衍自己时，你的这一分钟就丢失了，再也找不回来了。

当别人在有节奏地安排好一天的生活，进入下一步提升的阶段时，他们会在第二天安排时间去健身房做一次大汗淋漓的健身；去登山嗅花香；去和心爱的人并排坐在电影院看电影，互喂冰淇淋；去潜水在海底欣赏斑斓的深海鱼和珊瑚。

他们将有节奏地享受生活，一步步地实现目标；他们将在 25 岁前环游世界，30 岁前有车有房，升职加薪赢取白富美；他们将 GRE、硕士、博士一级级地毕业，用越来越多金光闪闪的证书去登入管理层；他们用每一天充实的安排去挑战自我，提升技能，以优秀的自我迎来优秀的爱人。

而这时，你在做些什么？你在抓耳挠腮，在荒废时光，在为又一次的失败去找借口。你在敷衍生命。

不要小看你错过的每一分钟。因为你本可以抓住这一分钟，去成为你最想成为的人。你把时间安排在哪里，哪里就构成了你的生命。

Part 3

一个人的日子
更要努力疼惜自己

和自己谈一场美妙的恋爱

> 我现在好像终于找回了自己。婚姻不能让人变
> 成一具没有灵魂的空壳。

第一次见到阿菲是在她位于厦门的小酒吧里，她正翘着屁股在收拾 CD，将它们一张张很整齐地按照英文字母顺序插进茶色的书柜。

屋子里放着顺子的《回家》，熏着梨花精油，顺子的声线迷离，听完好像吸了一根带着墨香的报纸卷的植物香烟。

一只古牧狗吐着舌头趴在她的拖鞋上。她听见声响，回头，冲我浅笑一下，往耳后将了下齐眉的短发。

屋檐上悬挂着很多晴天娃娃，桌子上也堆了一些零散的布料和乒乓球。

　　我问她："做这么多娃娃做什么？"她神秘地笑笑："一会儿你就知道啦。"

　　墙壁上还贴着一些稚嫩的儿童涂鸦。她平日里只在咖啡馆里做做蛋糕，煮煮咖啡，周末则会去郊区的一家孤儿学校做义工，教那些孩子画花画鸟。画好的画她自己装裱，挂在墙壁上义卖，得来的钱用来买更多的颜料和纸张。

　　画的价格随买者意，收入全部放进一个封闭的纸箱里，纸箱上糊着金色的纸，写着"做梦"两个大字。她告诉我，她经常会和那些孤儿讲做梦的意义。

　　阿菲爽朗活泼，样子标致，无疑是很多男青年心目中的理想对象。于是，我们不可避免地聊起了她的爱情。

　　她说曾经有一个多年的男朋友，高中三年，大学四年，七年的青春都交给了这份爱情。

　　"他说想吃鸡，我会撸着袖子在菜板上哪哪地给他剁鸡，手指甲里都是腥臭的鸡血味。他准备考研那一年，我们同居了。为了给他熬最新鲜的鸡汤，我会专门坐一个多小时的公交去农家院里买那种活鸡。农妇冷冷地说，想买哪只自己抓吧。于是，我穿着高跟鞋鸡飞狗跳地抓鸡。然后，沾着鸡屎味打车回家。"

回到家，还有一屋子的脏衣服等着她洗。相处多年后，他已经依赖她到一只袜子都要放到盆子里泡半天。但看见少年疲惫地伏案而睡，所有的怨恼都变成了疼惜。

女人一旦深爱一个男人，就会拿他当整个宇宙来顶礼膜拜。

后来呢？我不忍问下去，她倒答得爽快："后来发现自己爱得有些变态啦，已经不像自己啦。"

她说是在有一天照镜子时，忽然发现镜子里那个长发如瀑，喜欢谈论诗歌和绘画的女孩，已经变成了一个整日围着邋遢的围裙，皮肤干燥、面青唇白，满手油腻并沾着剩饭味的妇人。

她开始怀念大学毕业的散伙饭上，他们两个拥吻在一起那一幕，她穿着一条桃红色的棉布裙，他深情款款地感谢她多年的照顾。那时候的他还是个圆寸、瘦削、瞳孔清亮的少年，会在情人节浪漫地点上心形蜡烛，会给她念顾城的诗歌：

我们居住的生命

有一个小小的瓶口

可以看看世界

鸟垂直地落进海里

可以看看蒲草的籽和玫瑰

他们还会像电影《滚滚红尘》里那样，拥吻着跳舞。

他说，只要赚够了 50 万，他们就会来一次全国旅行，到时他会亲手牵着她去鼓浪屿、凤凰、大理、周庄。旅行结束后就在厦门定居下来，开一间他们梦寐以求的小店，从此举案齐眉，不为庸碌所扰。

可当他们存够了这个钱数时，他又告诉她，他们过去想得太天真了，50 万？50 万甚至不够买有钱人家的一间厕所。他的同事们都在进取，而他也在一次次的觥筹交错里晋升成了部门经理，变成了个只会大喊"快鱼吃慢鱼，结果证明一切"的喜感的胖子。他严肃地教育她，这个世界太凶险，只有钱才能维系住爱情和婚姻的安全感。他赚的钱远远不够，他还要赚第二个、第三个 50 万。

"将来我会在教堂里给你准备一场浪漫的婚礼，为你定做婚纱，让你一辈子衣食无忧。你一定愿意继续陪我奋斗吧。"他信心十足地准备了婚戒，在一顿很平常的午饭后递给了她。

杀死爱情的除了第三者，还有岁月，隔阂和摩擦就像一把刀，把爱一点点削平，把情一点点磨钝。

她知道他是爱她的，只是爱的方式日益与她的期望南辕北辙。

"你可以期待一个人从遥远的地方回来，可是你能期望一个人从漫长的昨天回来吗？"她开始反思，要不要再用一个七年去等待他功成名就。可心里却有一个声音由微弱变得越来越强，就像心脏病人安装了新的起搏器，那个声音一直在重复着：不，不愿意，不甘愿。

失恋就像蜕皮，一旦蜕了表象这层皮，一个崭新的，经过思索、阵痛和醒悟的你就会重新活出来。

临走的时候，她在心里默念："一，二，三。"如果他上前抓住她的手，说："走，都去他个蛋的，咱们走！"她就继续跟他在一起，她会勇猛地带他走，浪迹天涯，老死相伴。

可他只是坐在空了的衣橱前，一根接一根地对着月光抽烟，同时往她的钱包里塞钞票。一张，又一张。

可她要的不全是钱哪，一个人能有几个七年给另一个人呢？她能陪他那么久，为什么他就不愿意放下执念，陪她去完成年少时的梦想呢？哪怕只是一年时间，最终折返，都无怨无悔。

她的家人也曾经埋怨过她，七年都等得了，再多七年为什么等不得？她在电话里装聋作哑，但心里清如明镜。

亦舒在《归宿写照》里写过一段：

我迟早知道有这一句话，女人若到了三十岁，阿狗阿猫也得委身下嫁，否则即便不麻不疤，社会也得怀疑咱们有不可告人之隐疾。

难怪有个女同学叹曰："快三十了，总要嫁一次，否则别人以为我没人要。"过些日子离婚也胜过从来没嫁过，这个气可真赌大了。

究竟离婚妇人与老姑婆之间，哪一类身价较高？

"你说结婚的意义是什么？"她用咖啡机煮了一杯热腾腾的咖啡，端给我。她确实是那种对生活极其考究的人，光咖啡品种就准备了几十样，用的碗件都是釉下彩的景德镇骨瓷。

我想了想："也许就像这杯咖啡吧，有人暖手，有人暖胃，但如果喝的时机不对，就会烫嘴。"反问她："你认为呢？"

她说每个人都有自己结婚的意义，但她知道，心骗不了自己。

"于是我来到了这里，也许我们还会在一起，也许我们永不相见。不过我现在好像终于找回了自己。婚姻不能让人变成一具没有灵魂的空壳。"她确凿地努努嘴。

窗外下雨了，淅淅沥沥的雨滴落在青色石板路上，滴滴答答，雨点也在唱歌。

她从桌下取了一只晴天娃娃，挂在屋檐上。又取出粉色唇彩，细心地涂开。为了配身上那条复古的白色棉纱斜襟连衣裙，她还在耳垂上镶了枚白色的珍珠耳钉。

"下雨啦，我也关门啦。我给自己定的规矩，下雨天，不营业。务必不亏待自己，要补足以往的缺憾。我要穿着最漂亮的衣服，去最好的餐厅，唱歌，跳舞，呼朋唤友。"

一个人的日子更要努力疼惜自己

> 上了一天班，再急匆匆地钻进菜市场，提着大袋小袋往家赶，心中会有一种不辜负自己的满足感。

2013 年的春节来得特别快，以前一到 12 月就开始掰着手指头算计，离过年还差几天了，而这一年只是吃吃睡睡，年忽然就来到了。

六年没回家过年了，今年的年有些不一样，躺在床上就在想：这些年，我都是在哪里度过的呢？

第一年在外过年，是在青岛，刚来到陌生的大都市，租住在崂山一个四合院的单间里。每天的生活也过得格外简单，一周出去采买一次食物，准备了个大竹筐，食物都盛到里面。从四合院穿到菜市场，要经过一条小弄堂，雨一停，瓦檐下滴着串线的水珠子。我躲过积雨，跳过泥泞的土路，穿到菜市场里挑买蔬菜。

在外生活久了，就会爱上菜市场的味道，热腾腾的市场里人声鼎沸。人在异乡，最失落莫过于回到家，屋里空荡荡的，连个人声都没有，不管相识不相识，见到比肩接踵的那么多人，就欢实起来。绿油油的大白菜，把发蔫的叶子掰开，露出里面鲜嫩柔软的菜心，要上几斤鸡脯肉，挑出颗粒饱满的红枣……

有次，遇见一摆摊的老头，菠菜都是自家种的，鲜得那叶子好像婴儿的肌肤吹弹即破。老头一块钱卖了我五斤，又忽然想起什么，把剩下的编织袋里的菠菜都一股脑儿地倒给我："我要收摊回家了，也没剩下什么了，都一并给你吧……"我微笑道谢。又挑了几只大鸡蛋，好像刚从鸡屁股下滚出来的，沾着稻草的余温。一路上高兴地拖着一麻袋，相当于免费赠送的来自陌生人的馈礼，回家打成菠菜鸡蛋汤，暖乎乎地喝了几大碗。

没人照顾的日子，照顾好自己的胃，就是顶要紧的事儿。估计游子们最先学会的拿手菜，都是蔬菜加肉的火锅乱炖，省事儿，吃了也营养齐全。

年三十，才想到家里的蔬菜不够，若放一周的假，到了初三估计就断顿了，于是裹上围巾，在凛冽狂风里挨家敲门，搓着手羞惭地问是不是能拣点儿蔬菜和肉回家。小贩们也都是好人，临走又往我提的塑料袋里塞了个火锅底料，我要付钱，就故作生气地说："都老顾客了，大过年的送个调料不算啥。"

那时最爱去家旁边的一个土坡上的东北菜馆，要青椒炒肉拌面吃。店小哥和他媳妇会留我一起看东北二人转，炒上喷香的瓜子，靠着暖暖的炉火，嗑着聊着笑着。

二十八那天我去吃面，等面端上了，肉异常地多了几大勺，肉汤都快溢出碗沿了。夫妻俩笑吟吟地解释，见我独自过年，算是给我的特殊招待。

真的到了年三十，鞭炮连绵不绝地从村东头响到村西头。我本有准备，借了台黑白电视机，又买了一箩筐零食，裹着里三层外三层的袄子在家迎接跨年。房东的女儿叩我的门，当时我正蹲在地上，在热气缭绕里舀火锅吃。13岁的姑娘往我的桌上放了碗白胖饺子，又往我手心里放了几颗糖，拽拽我衣袖，说："我奶和我爸我妈说，叫你一起去过年。"双眼顿时有些模糊，噙满了泪水。

坐在房东奶奶家的土炕上吃饭的过程中鼻子一直有点儿酸。桌上都是农家饭，鸡鸭鱼肉俱全，还有长得像虫子的大虾。我住的小屋因没有暖气，逢气温骤降，只有快速地缩进被窝里，双手抖着，吹着气敲字。奶奶给自家烧开水，也会给我提来一壶，叫我没事儿烫烫手脚，她还常煮各类菜饭给我吃。等到《难忘今宵》的歌声唱起，和七八岁的小女儿到院子里放鞭炮，在冻得硬邦邦的土地上绕着圈子，喷着火花，"朝天雷""轰"的一声，拖着七彩火焰，劈开黑黢黢的天空……麻袋上睡了只大黄狗，被鞭炮吓得汪汪吠叫。我掰碎馒头喂它，它就低着头任我抚摸，嘴里还含着一根没嚼碎的骨头，喉咙里呜呜地吠鸣，好像还在生着刚刚那只鞭炮的气……

第三个年，是在成都过的。那时恰逢生病，身体很虚，哥哥不让我多动。二十八那天，我们去采买年货，他像个大财主似的问我爱吃什么，我还没应声，他就凭着对我喜欢的吃食的印象，往推车里扔东西。

在外生活的人，第二处喜欢的地方就是超市，不管上了多久的班，遇见多少委屈事儿，一见到满屋的食品，就满血复活了。愿意一包一包粉丝比对价格和质量，站在货架前挑拣柴米油盐酱醋茶的人，都是热爱生活的人，即使只有自己独住，有锅碗瓢盆，才叫一个家。

我不论去哪座城市，都会买上各色调料和厨具，当然搬家也难免麻烦。哥哥不解地问我："你只是在一座城市小住一两个月，为什么也会买锅碗瓢盆呢？"我笑着答："听见自己洗碗刷盆，屋里有个声音，踏实。"

人在外，总要有个盼头，这盼头不是说一年要赚多少钱，升几级职位，而是回到家，至少这屋里要有让你牵挂和付出的地方。上了一天班，再急匆匆地钻进菜市场买菜虽麻烦，可提着大袋小袋往家赶的时间里，心中会有满足感，那是一种不辜负自己、努力疼惜自己的满足感。

第五个年，是在北京过的。逢年，北京就如空城，北漂都散得差不多了。当时还和前任在一起，在他家炸"螃蟹盖子"，用绿豆粉揉实面，两层面饼中间贴一层韭菜肉馅，放进沸油里一炸，香喷喷。

北京的庙会也着实热闹，我在武汉也曾过过一个年，但没赶上武汉的庙会，倒是户部巷的"过早"，也就是老武汉人吃早饭，颇有意思，麻团、面条、饺子、糕点齐全。起床睁眼后，第一份容易得到的幸福感，就来自吃早饭。北京的庙会不像"过早"，却比"过早"要丰盛，挂着红灯笼的寺庙里，拉洋画的、扔圈的、测字的……并不能测出什么吉凶祸福，而是图个可安放梦想的憧憬。

人越长大，越是将一些无力解决的事情寄托于神灵庇佑。我和前任在恭王府求了个"一生相依"的玉佩，在木牌上写了我和他的名字，挂在千年神树上，据说慈禧也曾在此求过福。他和我牵着手，小心翼翼地遵循着男左脚女右脚跨入门槛的指示，生怕迈错脚会影响我们的缘分。

可到了分手那天，我提着行李，穿过地铁刷卡机，玉佩蓦地一下子就掉落了，孤零零的红绳子还悬在脖子上。我抬起头，抚摸着脖上的红绳，想要想明白些什么道理，正在犹豫还要不要捡起这玉佩时，就被乌泱泱的人群冲到了几十米外，我伸着手，呼号着——我东西掉了！人声淹没了我的喊声。我无力地垂着手，等人群散开，玉佩还在那里，光秃秃的满身是灰地躺在那里，就像这段已被抛弃的爱情……

爱情是无罪的，爱情里的纪念品也是无罪的，但当一男一女想要忘记过去的回忆，这些纪念品就要先被牺牲。

即使求过佛又能怎样呢？人心远比佛意还要难猜。可若换一种心情来看待，佛祖似也在冥冥中给你暗示：若想踏上新途，就要有告别过去的勇气，信物和旧爱，永远都会存于你生命的某个位置里，即使你想挥也挥不走……而我们的人生，就像这开开合合的车厢，你必须要把握住时机，去站到属于你的位置里。

我们终究要活着，迈过一道道坎，跨过一个个年，不管是独自度过，还是全家团圆，"年"是成长的仪式。我们推开"年"这道门，便发现——门内的那个自己，已被时光碾成了另一种命里的模样……

命就像戏里调皮的年兽，蹲坐在侧，悄悄地观察着你是否够机警、够担当、够坚忍，若你一懈怠，它就张大嘴巴吓唬你，和你捣乱。

小时候过年，最盼望穿新衣、拿压岁钱；长大过年，最盼望早日和父母相聚，给爸妈买新衣，打些钱，让二老不用省吃俭用。通过给予者与施受者的身份变化，一代代人的责任交相传递。小时候过年，是由父母牵着我们的手，提着礼物，挨家挨户地探望他们的亲朋好友；长大了，有了自己牵挂的朋友爱人，我们为了自己的惦念在走动……

在贴窗花、吃饺子、放鞭炮的仪式里，迎接着含有各种意义的新年，而等到了该返归、去异乡重新打拼的时日，才发现——我们心里又有了新的信念。

立春之后，树木又长出了新芽，"年"也完成了它的使命。

把自己哄乐，就是最美好的愿望

现在也越来越觉得，有很多快乐的感受，你都可以自己给自己。

我有很多一个人过的节日，一个人过春节、情人节、平安夜、圣诞节，甚至是生日。

起初，也会在一个人经过熙熙攘攘的街道时觉得寂寞。七年前初到青岛，正值圣诞节，大街上都挂着七彩纸和红灯笼。遇见一对情侣，女孩把手插进男孩的衣兜里，男孩一脸甜蜜地笑望着她把手贴在他的小腹取暖，会觉得羡慕，也会想匆忙逃离这尴尬而窘迫的氛围。

冬天的大海很平和，海水被风温柔地吹到你面前，像拉起的帆布鼓起又落下。坐在礁石上听离散的海鸥一声声凄迷地叫着，远处的地平线上，有孤独的灯塔亮着橘色的光芒。时不时有父亲牵着小小的女儿在沙子上掘贝壳，玩具散落一地，母亲在一旁堆沙堡，女儿时不时掀起一锹沙子，激动地喊："又抓出了一只。"小手肉肉地将正在张牙舞爪往沙子里钻的小贝蟹揪出来，眼神怜爱地捧进红色水桶里。有时一家三口穿着亲子装，父亲细心地揩去妻女发间的沙子，在额上不由自主地亲吻一下。我常安静地坐在一旁看。

有一对情侣，就在我面前求婚了，女孩和男孩不发一言地走着，男孩忽然将女孩一把抱起，远处的落日正洒着暖色的余晖，男孩抱着女孩在空中转了几圈，忽然女孩就激动地哭了。后来两人不知道说了什么，在周围人的笑声里羞红脸地跑走了……

一串脚步声跑来，又一串脚步声跑近，冬天的海洋，就像永不落下的帷幕，衬托着一个又一个故事。

故事里的人，幸福就定格在这一瞬间了。想想我们如果能活在故事里，就什么都不会走失：求婚的人好像永远活在捂着脸感动地哭泣的瞬间，小小的女儿好像从来不会被什么伤害，坚信能逃跑的螃蟹会变成帅气的王子在床头亲吻她，父亲的白发不会多，妻子的笑容是永恒天真的，沙子永远铺满落日的余晖，归家的船帆吹起响亮的号角，闷哑的海鸥一声接一声地叫着——要幸福哦！今晚月光那么美，你的容颜惹人沉醉。

那时十八九。十八九的女孩自然充满了幻想，总相信未来的爱人会披荆斩棘，像王子一样杀死猛兽后出现在自己面前，虽然脚步疲软但眼神漾满了柔情；就算被欺骗、伤害，也依旧像第一次向佛祖祈祷一样：愿我爱的和爱我的人都能幸福安康。

可等到长到二十多岁，身体的每一处肌肤，每一个骨骼，都装满了不愿向人道明的情绪。有时夜晚一定要把自己弄到很疲惫很疲惫才能入睡，便渐渐明了，把自己哄乐，就是最美好的愿望了。

一个人生病，热杯暖烫的红糖水；一个人去陌生的地方，必然会提前查好当天的路线规程，关门时会好好查清楚当天的钥匙带没带；累时一觉睡到大中午，被子就是最温柔最不舍离去的情人；吃饭必然要注意营养，荤素搭配，熬汤时要切上薄薄的冬瓜片，切一只肉质鲜嫩的童子鸡，放上红枣、枸杞、沙参等慢慢烹煮。在天渐渐变成黄昏，世界已出现了第一抹黑色时，捂着一杯暖暖的热水或者热汤，看窗外匆匆走来走去的行人，有人打电话向家人告别，有人提着行李重新踏上征程，身体在几分钟后，已经得到了足够的温度。

若能在生日时，或是难过时，打通一两个朋友的电话，或邀几个老友在 K 歌房把酒庆祝，已经是莫大的幸运了。现在也越来越觉得，有很多快乐的感受，你都可以自己给自己。爱情不过是人生的催化剂，有，更好，没有，也没那么糟糕。享受能把自己哄乐的时光才最重要。没有人比你自己更能体会自己的情绪、窘迫或者欣喜。自己的左右手就能给自己化解一切尴尬，拥抱自己寒冷的身躯。

难受时，睡觉；开心时，微笑；累了，就回家，把沙发哭湿了也不丢人。一个人年龄越大，越要给自己一个足够放松的空间，在这个空间里你可以恣意而肆无忌惮地做自己。年龄越大，生活越简洁明了，处理一切的程序都干脆利索，想要的就努力工作买给自己，不合适的感情就手刃干净，不怀念不抱怨，迈开步子往前走。没有什么忘不掉的过去。

现在的我，很好；现在的我，也可以无憾地和过去的自己说一句：站在热闹的人群里，你曾经思念过，也曾经亲历过寂寞和寒冷，你给予了自己依赖和力量，你就是我心口的骄傲。

愿我们在这黑暗之夜彼此珍惜。

就像搞对象一样去工作

> 公司如老婆，工作如恋情，好的工作，会让你
> 时刻精神抖擞，如打鸡血。

有很多人都和我抱怨过他们的工作，不光是网络上的读者，还有身边的朋友。他们不解，为什么我做工作，大部分时候都是开开心心、嘻嘻哈哈的，而他们在下班后，大都愁云不解，有时甚至会在饭桌上念叨半天自己受的委屈。

我捧着头，听他们说完自己的苦楚后，问他们："那既然不开心，为什么不辞职呢？"他们不屑地瞥我一眼："你以为现在找份工作那么容易啊？我每天要吃要喝啊。"

我问他们："你找不到比这份工作还要好的工作了吗？你就对自己那么没信心吗？"他们驳斥我："你不知道啊，这份工作有五险一金，每年年终奖很多的，我们公司的资历也是很牛的，而且我已经干了

几年了，要重新开始，我舍不得。"

我说："那就忍受着，既然觉得有可取之处，就不要多抱怨。"可他们又会这样告诉我："可你不知道我们老板多奇葩，天天在公司像螺旋机一样背着手转来转去，盯着谁没干活，那脸阴得都能拧出水来。我同事也奇葩，该自己干的工作都安排给我做。我的上司也是个奇葩，除了训人一点儿能力都没有，一看就是抱老板大腿爬上去的，说实话，干得都没我好。"

我问他们："那他为什么能做你的上司呢？"他们摊手："我也不知道。"

我笑着给他们夹菜："不要只看到别人的缺点，既然别人能站到这个位置上，一定有可取之处。"

我是个在生活里经常发问的人，一般别人咨询我，我都不会直接给出答案，而是不留情面地抛出利害，先让他对自己的生活和为人处世的方式做一番自省。

我见到太多太多这样的人，他们是很矛盾的，鱼和熊掌都想兼得。他们觉得某份工作戕害自己，却又视之如鸡肋，觉得弃之可惜，就像抱着一个过大或过小的泳圈，明明已快被一份工作整成抑郁症了，却还要找出数种理由来继续忍受，想游过这条漫长的河。

我不懂这些人是怎么想的，但他们灰暗的脸孔一直在告诉外人，明天他们也不会开心。

在中国的传统意识里，找一份工作就和嫁人一样，讲究个从一而终。中国人怕变，虽然老话说"人挪活，树挪死"，但因为竞争压力和外界舆论，他们害怕自己太过频繁地换工作，会被人指责没责任心。中国人图一个稳定，如胡适在《不朽》一书里写的，信奉"名教"。他们找工作，喜欢找大公司、500强、铁饭碗。他们20岁就开始着急地为50岁的养老做准备，他们害怕自己的一个不谨慎，就会沦落到"喝西北风"，他们是永远活在未来也担忧未来的人。但他们很少能抓住当下，审视自己的内心需求。

我有次和一帮好朋友讨论，我们都是在外人眼里看来活得比较洒脱的人，说辞职就辞职，说分手就分手，说干活就铆足了劲儿，蹲着茅坑也能借雪光读书的人。我们都信奉着"人生苦短，必须性感""对自己所做的事儿和后果一一埋单"的准则。

比如我有个好哥们儿，在拉萨开了个客栈，有天忽然就提着冲浪板跑到海南冲浪去了，之后觉得不过瘾，又骑上摩托到印度喂猴子去了。

还有个哥们儿，拿着年薪 20 万的高薪，忽然就辞职跑山区支教去了，给我们传照片，天天穿个破军大衣，斜戴着皮帽子，脸上都是山区晒出的高原红。有一张上是他撅着屁股，蹲火炉旁煨土豆吃，膝边围着一群黑兮兮、笑出一口白牙的农村孩子。

我们都不是很有钱，我们也常过得忐忑崎岖，但若总结一下自己的江湖人生，包括打工仔岁月，都还算能穷乐呵。我们聊天聊到这事儿，人活着，包括工作，到底是为了什么？

一编剧哥们儿 38 岁，仍像十八九的小伙儿，留着莫西干头，戴着时髦耳钉，体内跑着一头装着电动马达的小公牛。他说："人活着，是图个宣泄。我们出生，就是抱着要受种种磨难的准备来的，我们要把我们这辈子所有的冲动都宣泄出来，精神上的，身体上的。"

一开了公司的姐们儿和我说："人活着，是图个遇见，遇见种种惊喜。"

一主持人哥们儿把滑板搁到墙上，文绉绉地叼个烟斗："吾将上下而求索——寻找到灵魂安宁的入口。"

他们问我，我想了会儿，说："图个开心吧，想做什么就做什么。"

那些活在安稳里的人，对我们这种浪子的生活方式不理解。他们艳羡我们的传奇，却并不愿踏出脚去冒风险。他们给自己的周围用粉笔画了一道圈，他们自己是看不到的，可我们这些并不想迈进安稳里，整日掰着指头老死的人，能看到他们周围，用一层层标签给自己垒起的高墙。

我常问别人："你若和某人相处不开心，你若工作不开心，你若和家人生活不开心，你为什么不走？"

他们告诉我，因为他们对家人有责任感，对失去工作有畏惧感，对爱人付出的种种有不舍感，他们不能离开。

在他们眼里，他们必须和某个人、某份工作、某个家庭捆绑到一起，才能找到存在感。这种责任感、畏惧感、存在感、不舍感，就是高墙里的一方砖块，可这砖块，是他们自己搬上去的，把他们抓进了这个进退两难的怪圈里的人，是他们自己。我们每个人，都是独自来到世间的一个独立的人。我们首先是我们自己，其次才有了这些父母、子女、上司、下属的标签。

因为活在未来里，他们把希望都附加到未来，老辈人附加到自己的孩子身上，女人附加到自己的丈夫身上，年轻人就附加到——这么一个有年终奖、有五险一金、不会失业的铁饭碗上。因为自古信奉有名的、有钱的才是好的。他们宁愿待在连针掉到地上，都能吓得一激灵的大公司里，忍受着复杂的"无间道"和升迁的漫长，也绝不会在一个人的深夜，夹着公文包，走在冷清的大街上时，扪心自问：这种他人眼里看来的盛名稳定，是否适合我？

不开心的上班族分几种：一种是像比目鱼似的，老是斜挑着眼睛，只看到公司和老板缺点。

我遇见过一些失意的，若按照我的经验来看，他们可能很长时间内都不会得到老板重用，因为在他们的世界观里，只会挑剔别人，从来不懂什么叫"欣赏"。

有次，有个朋友绝望地和我说，因为被老板开除，他想自杀，在汹涌的车流里我下意识地把他往回拉。我和他说："一份工作不如意就寻死觅活的，太没骨气了吧，你干得不开心也是在我预料中的……"他问我为什么。我说："因为你找那份工作，本就不是为了开心，你是为了赚钱，你的目标瞄得本就不准，你怎么可能会开心？况且你那个老板我见过，天天板着脸训话，自己不走也不让员工准时下班，这样的公司也许能短期压榨出最大利益，但会让每个人信心受损。"

我们吃烤鱼，他问我下份工作该怎么选择，我笑着和他碰杯："把你那个凡事先挑剔他人的毛病改改，不要总觉得老板、同事、上司能力都不如你，他能开公司，能做你的上司，就有他的理由。你先去学习他们的优点，等到你和他们的能力一样了，才是你施展才华的时机。我们找工作，总要图三样，一是兴趣、二是眼界、三是金钱，看你最需要哪一样，就把那一样作为你下次找工作的首选。"

我详细地告诉他："一般我不愿鲁班门前弄大斧，我不喜欢好为人师，但又天生爱打抱不平。我跟你讲，一个好公司，是以人为本，好老板善于用自己的人格魅力，去征服客户和驾驭下属，这样的公司才能发展长远。我在北京的老板，就是个很有人格魅力的老板，开会给我们买冰淇淋、可乐，大家跷着脚吃着零食讨论方案。有次他在楼道口捡到一盆折了的花，回来用扫把给花做了个支架，我们笑他，他说：一盆小花也是生命啊！我在这家公司工作了两年多，每天都乐呵呵的。"

他给我倒酒，我酒意上头："好的公司，是不会只用高薪和好职位才能留住人才的。宽松的工作氛围，有乐趣的事业，哥们儿似的老板，还不错的收入，也能留住一批人和他打天下。只有快乐了，人才能百倍地爆发潜能。"

另一种不开心的上班族，是只图稳定和高薪，不图特长和兴趣。

有句特别俗的话，叫捏包子的人，不一定能捏好饺子。因为有些职位看起来光鲜，于是很多人拥入了这个行业，但这种行业也是竞争极为残酷的。有些口吃的人，却巴望做主持人；大字不识的人，想做作家；不擅于和人打交道的人，想做销售一夜暴富……我并不是说他们不能做好，但若叫瘸子和正常人赛跑，瘸子当然跑不过正常人。

老天很公平，我们每个人自打出生起，就都是某方面的"长短脚"，比如我写东西还行，但跳舞就肢体僵硬，打篮球还行，但乒乓球就素来过不了三拍子。他们最应该学会的，是找出自己某方面的特长，而不是用己之短比人之长。

这些人除了自负清高，还有个特点，就是妄自菲薄。我们每个人都有自己的优点，只是太多人只知盯着鞋尖看。做管理者的时候我常会招人，我问了个别人看起来有点滑稽的问题："你觉得你的优点是什么？缺点是什么？现在我想让你把你的缺点，换一个说法，说成优点，你怎么来评价自己？"被我面试的应聘者，有些反应快的，说道："我虽然做事慢，但我慢工出细活。我虽然不擅长谈客户，但我会记录，你们谈客户我可以记笔记，回来整理成翔实的背景资料。"我跟那些抱着一摞子证书来面试的人说："记住，我们不在乎你过去是谁，但我们在意你以后能成为谁。"

　　一个好的领导者，也要善用不同人的特长。比如，我就擅长想些点子，但若要用强大的气场去压住一些大企业的谈判代表，老板就会选另一个90后的姑娘，那姑娘极其泼辣，颇有飒爽爷们儿的作风，谈话字字珠玑。谈客户，就是比谁气场大。但有时要打温情牌，老板就会叫我骑马出征，我善于和人做朋友，讲笑话逗闷子，层层剥茧地抽出他们的需求。

　　挑选一家公司，除了要看提供的职位是否合你的兴趣，也要看你的特长是否能全力发挥出来。同事间的关系也很重要，我有很多生活里的好朋友，都是从老同事过渡而来的。好的工作应该让你有归属感，每个同事，你都愿意掏心掏肺地和他们做哥们儿姐们儿，上班就如探家。

那种进去三天，就开始传同事闲话，吃饭彼此坐一张桌子都无话题可聊，有零食了只会藏在抽屉里偷偷吃，总监老拿官权来压下级，下级和老板谈话也束手束脚、冷汗直流的公司，都会把人整出抑郁症。这样的公司，是真正的资本家里的蚂蟥，只知道压榨员工的劳动力。做工作应该是双赢，你在为公司带来什么的同时，公司也能为你带来些什么。但在前面那种企业的工作观里，你只是单方面抽空自己，别妄想提感情，你只是被利用的一颗棋子。

判断一个公司的好坏，首先要看老板的人品，其次才看这家公司的业绩和进步空间，再次看同事间的人际相处，然后看公司能为你带来什么。治人如治城，好的公司，善于把每个人都运用成诸葛、刘关张，在这儿，你不光能收获到三十六计，还能结识到一群桃园结义的挚友……

还有一种不开心的上班族，是永远活在父母意见里的上班族，他们的工作就是包办婚姻，还没生子就已被整出阳痿早泄了。他们怨天怨地，若不能狠心斩断脐带，一生就只能做个傀儡皇帝。

公司如老婆，工作如恋情，我们每天十几个小时，都要和工作脸贴脸地度过。好的工作，会让你时刻精神抖擞，如打鸡血。在你时隔多年后，依旧感恩地拍着胸脯说："当年认识了那么些人，做了那么些事儿，这真是最好的回忆了，若明天就老出白发，我也不会后悔，这一生曾如此牛逼哄哄地活过……"

有些底线，是为自己而保留的

> 我们都是活在天平上的，得到一些东西，就会
> 丢掉一些东西。

我穿过成都疾驰的车流，在路口被一个手擎广告单的男孩拦住。他叫住我，问我要电话号码，还往我怀里塞了一张广告单子，是某家会所招聘兼职模特，广告单写得花哨而诱惑：只要每天花几个小时在 T 台上走走模特步，就能获得数目不菲的报酬。

当时我格外清贫，在外漂泊那几年我也从未大富大贵过，每月赚得的工资加稿费，刨掉房租和吃住，所剩无几。

在外的漂泊族都是如此吧，月薪几千元，一个月房租一两千元，再零零碎碎地除去吃喝，哪怕是自己做饭，每天准备好第二天的午饭便当，夜晚回家煲汤煮菜，只买三两件衣服，也不会剩下多少的存款，若是生病了就是雪上加霜。

我狐疑地看着他，他的眼神好像洞穿了人性似的在我的胸、腿、脸上打量，就像 X 光线，想扒到你骨子里贪婪的最深处……

如果我说我没有被这份高额的收入所打动，那说明我在说假话，一个月 3 万至 5 万，一天只要工作几个小时，还有注视的目光在身上逗留。人都爱钱，钱是好东西，能换得舒服的居室，能在旋转餐厅里吃美味精致的食物，能带父母旅行不用等着买打折机票，能买漂亮的衣服、进口的化妆品。钱能撑硬一个人的骨气。

我把广告单塞进包里，放在卧室的桌子上，盯着看了十分钟有余。女人要在社会中生存下来，会面对多重考验，特别是这种介于金钱和底线间的左右抉择。在一个没有人在乎你的过去，只看重你的现在，没有人评判你的内心，只评判你的房屋面积的时代，钱是最好的化妆师，能把丑陋变崇高，把干瘪变饱满。

我在外生活多年后，养成了一个习惯，若卡上的钱低于五千元，就像百只蚂蚁咬在脊髓上一般不自在，会感觉像睡在缺失靠背的床上，被人推进了无尽汪洋，脊背冷飕飕的，无安全感。若要换城市，身上没上万元的防备，就会心慌恐惧。

特别是在外居住久了，就很渴望能有自己的房子。房子不像活物有自己的花花心思，你把它打扮好了，用家具、植物撑满了，它就不会跑、不会丢、不会背叛你。一个人受到了天大的委屈，都可以在这个房子里大声地哭或尽情地笑，不论你走了多远的路，多狼狈寒酸，都能原路折返。

有时，我们也会面对一些这样的诱惑。如果一个女人没有貌如东施，身材还算凹凸有致，是能获得一些拿青春换高价的机会的。

有一次，我遇见了一个客户，在杭州开了十几家服装工厂。他提出了一个不情之请，叫我在北京陪他逛几天街，之后会和公司签下百万的大单子。老板勃然大怒，但还是在挂掉电话后压住怒火，询问我的意见，因为这个客户得来不易，签单后我能得到不少提成。

我坐在电话前想了一会儿，若一起逛街吃饭，会发生些什么事情。女人都是聪敏的，能通过细节感觉到一个男人对自己的好感，或者说欲求。我还算是能保护好自己的，若有不轨行为也算跑得快。

如果我说我在接完电话后就义正词严地断然拒绝或嘤嘤痛哭，痛斥抱怨社会，那一定是在说假话。当今社会上有一些潜规则，却日益变成大家都在遵守的规则，陪酒吃饭，已不是什么天下丑闻，一个人若连面对这些丑闻的度量都没有，很难凭一己之力在世俗的旋涡里活下来。

我想了会儿，和老板说："我可能做不到。"办公室忽然安静了，因为电话声音很大，大家都停下工作，转头望着我。

我说："我有喜欢的人，我可能做不到不告诉他，而他若知道了，会很生气，我不能不在乎他的感受。"

当然，我没说假话，那时我还没跟前男友分手，没有什么比对爱情的忠诚更强悍的拒绝理由了。

老板也没说什么，大家又转身忙起了自己的事情。事后老板拍拍我的肩膀："你知道的，我们不可能为了这么些钱就把你推出去。"

我笑着回应老板炯炯的眼神："你知道的，我也做不到的，不是豁不出去，是因为我还有要为之负责的人，若这次我做了，下次还要不要再拒绝呢？那其他的人被这般要求了该怎么办呢？"我没有给出答案，我想老板心中是有答案的。

我有阵子变得特别俗气，许是年纪到了，对一套房子的期待与日俱增，便琢磨起创业的事情来。我每隔五年都有一个计划，我像地鼠，若想达到什么目的，爬着滚着也要达到。

当时常和朋友聊天，聊怎么赚钱，想想也觉得可悲，二十多岁的年轻人聚会，大都紧锁着眉头谈怎么赚钱，要怎样拼关系拼手段拼资本。我曾小心翼翼地远离，但当到了年纪，也渴望起有屋可居的稳妥。

大家提议开培训学校，朋友说做培训业，要给一些校长老师陪酒，甚至要找小姐作陪，可能还要自己投怀送抱。我听得讶异，问他是否当真，他斩钉截铁地回复我："得到，有时是要牺牲的。"

那个夜晚便觉得难过，忽然就哭了起来，为一些自己一直在坚持和憧憬的东西，更为只能依靠自己的无助感。起来洗了把冷水脸，在橘色的灯光下敲字，文字总能瞬间让我沉静，一些过去的回忆滚轴转似的翻来覆去。

想起在一座小城，和一群小姐混住的日子。最初我并不知道她们是小姐，她们也不知道我的身份，我们像两种时差里的人。我骨子里有冒险基因，会和形形色色的人做朋友，倾听他们的故事，于是我肚子里装满了不同人的故事。

她们晚上被所谓的男朋友送去高档的会所陪酒，穿露脐的网球衫，跷着惨白的小腿，用牙签戳西瓜吃。有顾客上门会挂上编号木牌，排着队像挑拣宠物一样被人掰开牙齿或捏着腰肢挑拣。白天就在家里抽烟，以致地下室里烟雾缭绕。有时也会挽着我的手，一起逛化妆品店。

她们都是很普通的女孩子，会把男朋友的衣服洗得喷香熨好后挂到暖气包上，会收藏过期的报纸看，会在"九块九"的小店挑廉价但漂亮的发卡，也会在菜市场为多买两三斤排骨讨价还价。她们也会哭，和男朋友吵架或者被客人欺负后，又或者是想家时，就抱着腿头埋在膝盖间哭，我发现她们膝盖上或肩胛上常有瘀伤。她们会哭得很伤心，但笑起来，捧着一株盛开的花朵安静地闻，或在台阶上单脚跳着走时，就活泼喜乐得像个孩童。

我在路上会想起她们的故事。她们被人指着脊背暗暗地骂，却又故作骄傲地挺头活着，像精致的陶瓷花瓶，摆在橱窗里展览的光鲜而又易碎的光景。想起有个十七八的女孩，和我并排躺在地板上，她叫我摸她纤细的手腕，手腕上有刀痕，她什么也没说，但又好像说了很多话……

　　我并非天真单纯，之所以固守底线，就是因为在外多年所见所闻复杂丑恶，所以更想给自己保留些干净的念想。

　　我想，我们都是活在天平上的吧，得到一些东西，就会丢掉一些东西。得到得太多，人就不知道哪个是对自己最重要的了；而丢得太多太多，就会失重、栽倒，再难爬起来了。

做事做人都好玩点儿，你也会更快乐

> 我愿把所有的小麻烦都讲成小笑话，当着自娱
> 自乐的屌丝，天塌下来也当棉花被盖着。

我认识一些人，你和她们聊天，绝对不会想超过十分钟。因为每次和她们聊着聊着，你就会传染上悲观凝重的情绪。

比如，你本来和她们聊两性的思维问题呢，她们就会说她们家男友是怎样怎样欺负她们的；你想和她们扯下地理历史，她们会告诉你巷子口第三家店铺的老板是多么腌臜龌龊，把垃圾堆门口，天天打老婆打娃；你和她们说自己想买辆自行车骑行去拉萨，她们会说拉萨高原反应多吓人，你当心把命给丢了……

反正在她们的意识里，整个世界都是和自己作对的、充满危险的。她们常常会叹气、皱眉、咬牙切齿，做出交叉抱臂的防备姿势，长吁短叹，把你的心情搞得很糟糕。所有有趣的事情，在她们的讲述

里都会变成一次陷害。

有些话题，其实换个角度并没那么糟糕：比如下大雨了，你没带伞被淋得湿透，你可以去反思下自己没带伞的原因，这样下次也给自己提个醒。可她们不会，她们会抱怨，抱怨雨多大，路人多冷漠，内心多无助，路况多不好。但同样的话题若换成一个有趣的人来讲述，她会挥舞着胳臂，幅度很大，像马戏团的小丑故意引你发笑似的揩把雨水："今儿个咱给淋成落汤鸡了啊，哈哈哈哈，不过没打伞在雨水里走也像《雨中曲》一样挺浪漫呢。"她还会和你聊聊这部电影，最后你们的话题会扩充成一次艺术之旅，结束得很轻松。

我在生活里，会提醒自己做个有趣的人。我会把自己身上发生的所有倒霉的事情讲得特好笑。比如，有一次我在北京的出租屋里，额头被保险箱的门给碰破了，这话题本身就很囧不是？起因是我家的方便面和零食都是存在保险箱里的，我蹦蹦跳跳走过去，边扭头和人说话，边瞎子摸象般在那里翻泡面，保险箱门忽然自动合上，我就一脑门撞到铁门上，被钩子刮了一道半厘米长的口子。

第二天我贴了个史努比图案的创可贴去上班。大家都问我怎么挂彩了。我盘腿坐在转椅上，拔高音调，连蹦带比画地重述当时的情形，没心没肺地控诉我家保险箱有多结实，还时不时地挤眉弄眼，耸动肩膀，告诉大家当时我是多么的饥饿，如果没有这包泡面，也许我半夜就要扶着墙瘫倒翘辫子了。这个小意外被我讲成了一个末日脱逃大片加春晚小品相声，标题就是《小女子夜战保险箱门，为吃饱惨遭辣手毁容》。

在杂志社上班的时候，我有次请了三天病假，回来上班刚进公司主编就拍着我肩膀说："你不在的日子公司真是太没劲了！"大家聚精会神地围在我身旁，瞪大眼睛，问我有没有什么特别好玩的事情发生。我搜刮了下记忆，即兴开讲，自己赶路呢，被鸟屎砸头上了；路遇公交车痴汉，别人还没摸我呢，我先动手把人摸跑了；我还乘兴唱了一段自己最近学的神曲，得里个得，得里个得，得里个得得得里个得。大家一阵哄笑，一天的工作就在极其快乐而热闹的氛围里展开了。

网上有句俗话：你有什么不高兴的事情，讲出来叫大家高兴高兴。人生在世，谁都有那么些不快的事情，可如果你把这些都当作一次次好玩的历险，讲给那些也同样需要快乐刺激的人，就会活得特有滋有味。你的朋友圈子会越来越大，你的表达能力会越来越好，大家都会喜欢和你玩，甚至期待第二天睁开眼就能见到你，就像吃羊肉面不能不放香喷喷的胡椒粉一样。

我有个本领，就是能让很多女人都愿意跟我倾诉从不在别人面前揭开的伤口。我有我的原则，一不说前任男友的坏话，二不颠倒是非，三对他人的隐私守口如瓶。她们会和我倾诉做女强人的疲惫、爱情的困惑、自己的梦想和运作公司的琐碎，还有拿到某个项目的诸多不易。我都悉数听着，安静地听她们发泄完毕，之后我会告诉她们，我理解她们，她们做得很棒，也会针对一些我能解决的问题，提出有建设性的意见。

大家都喜欢鼓励，特别是同样的工作，你交给一个懂你、倾听你的心声、为你出谋划策、把你当朋友的人，总比交给一个纯为利益而客套恭维、彼此提防的点头之交要好，对不?

这世上没有处理不好的关系，只要你爱笑、真诚、将心比心地对待他人。试想下，没有人愿意听一个人重复地抱怨自己多累多烦躁多不幸。本来现在生存压力就大，我们要把全部心思都用在怎么让自己活得更好上面，而不是匀出时间去听别人的悲观沉重——痛苦是会传染的。就算是朋友，整日地抱怨命运不济也会引人反感。

我常提醒自己，做个有趣的人和做个有爱的、有责任感的人一样重要。我会对马路牙子上的狗学猫叫，对野猫学狗叫，让它们摸不着头脑追着我的自行车吠叫；会骑在树上抱着树摇果子，叫朋友把我的长裤绑个结兜果子；会捋起裤脚下河摸鱼；会卷起报纸在呼啸而过的风声里喊"××我爱你！"；会在摔倒在泥巴里时哈哈哈哈地大笑；会和黑人 PK 街舞；会在百余人的圈子里搂着陌生的男孩跳伦巴或恰恰；会用鸡蛋壳做不倒翁；带一把口琴和龅牙的没心没肺的笑容走天下；会把所有的不幸遭遇都总结成下一次的求生经验……

我愿把所有的小麻烦都讲成小笑话，把每一个碰到的人都当朋友去相处，当着自娱自乐的屌丝，天塌下来也当棉花被盖着。做事做人都好玩点儿，你也会更快乐。没头脑也很高兴——大体就是这个意思。

Part 4

有些黑夜，
你不必一个人穿越

我们因不可或缺，来到彼此的身旁

> 每一个生命都是独特的，坚强的，被期待着，
> 降临到这世界上来的。

儿子出生后，生活就像陀螺一般忙碌旋转，常常是胸前挂着，手腕托起儿子的屁股，一边喂奶，一边偶尔翻几页书，端起手机看几则新闻。只有夜晚十一二点短暂的一两个小时，是属于我的时间。

儿子出生五十多天后，养成了大人的习性，他对大人有一种骨肉相连的依赖，若我们离他几米远，哪怕是坐在床的另一侧，也不愿独自入睡，有时更是一惊一乍，小手小脚像倒地的兔子一样扑腾挣扎，需要大人在他临哭的前一秒把他抱进怀里。

他虽不大，身高加起来也不过 55 厘米，体重更是只有 10 斤多，用两只手就能全副托起，却已经有了自己的喜怒哀乐。饿了，就像小鸟坐在窝里一样，张着小嘴左右摇，若等了几分钟还没有人喂食，

就哇的一声哭起来，哭声更是像独唱表演，一波大过一波；若是吃饱喝足，就眯着小眼，有时很满足地挑起眉毛看自己是不是还被大人深情注视着，若四目相接，就朝你抿唇微笑；着急了，会自己捧起奶瓶或者本能抓起妈妈胸领往嘴里送；高兴了，就摇着小手、小脚对着空气乱踹，好像在练兴奋的自由体操。

儿子刚生下来第一天，姐们儿发来短信，问生孩子什么感觉。当时身下还有缝针的伤口，还能摸到坐垫下有潮湿的液体流出，和姐们儿说："真是蒙了，没什么大感觉，就是蒙。"

想来也真不好意思，临产前一天，还得意地挺着大肚子去菜市场买菜；正在厨房端着勺子炒蒜薹鳝鱼，就感觉到肚子蓦地往下一沉，好像有个什么小东西扑通一声带着风砸了下去。夜晚入睡，隐隐做梦，梦见一个小男孩笑呵呵地和自己摆手：妈妈，快给我准备澡盆啦！清晨七八点，就感觉到肚子几分钟一阵痛，送到医院，已开两指。

十几小时的阵痛后，儿子在刺目的光线里降临。医生们并没像电视里一样，笑吟吟地庆贺你，甚至在产后的两小时里，我都是赤裸着下身躺在血泊里瑟瑟发抖，只有十几米远之外的育婴箱里，那轻微而战栗的呼吸，提醒你刚经历了一场怎样的战斗。产室里的一切都是幽暗而冰冷的，冰冷的器械，冰冷的医生表情，严肃的空气都可以拧出一大股黑水来。

　　其实在真正感到腹痛之前，我对儿子的认知，更多就是他在我肚子里打嗝、吞咽羊水、偶尔地踢踹，还没有真正认识到这是一条小生命，有本能求生欲望的一个活生生的人。直到送进产房，在医生的严厉呵斥下憋气，一股又一股地用力，即使冒着撕裂肌肤的风险。我听到医生冷峻地说："快，已经看到他的头了！你这样把他夹着多难受啊！他也在努力地想出来啊！"

　　那一刻，真的有无数种感受冲上脑袋，脑子里只有一个画面，一个血糊糊的小人，在努力向下钻拱，企图通过一个黑暗而狭窄的通道，只因为通道的另一头，是明亮的灯光和有熟悉体温的亲人。他就像向下生长的植物一样，把所有的力气都用在扎第一条根上，这只是漫长人生的第一步，需要妈妈轻轻抬起他的脚，帮他走稳这一步。

　　生产的感受不必赘述，因为这是每一个做母亲的必走的程序，越是惊心动魄，落到纸上越觉轻薄肤浅。疼自是疼，像斧头劈开尾椎骨，十根肋骨连着下身都由内而外地炸开，只是这疼，在听见婴儿第一声的啼哭后，都转为了如释重负。

儿子刚生下的几秒间，医院的白炽灯晃得我眼睛根本睁不开，只能在模糊的光影里看见人影走动，那团小小的生命被轻放在温暖的保温箱里，轻轻地呼吸着。世界很安静，安静得甚至你都能空手捉住风，安静得甚至你都能听见自己的器官骨节在相互碰撞着。一门之隔，你却像被放逐到另一个星球里，而在这空旷的犹如盘古开天前的寂寥里，那个小生命，正在试图第一次睁开眼，打量这乱糟糟而又格外活泼的人间……

那是第一次，有了这世界，不管多寒冷冷清也好，多热闹复杂也好，你不再是一个人在感受，从你的体内孕育出一个流淌着你血液的生命，你们的 DNA 类似面孔相像感受相连——短暂的几秒解负后，你就重新挑起了重担，因为你需要对他负责。

在儿子出生的第一天，他柔软的皮肤嫩如果冻，只敢远远地张望，却不忍也不敢碰触他。直到现在，每次抱他、亲他，都不敢用力，给他喂奶前，都要拿香皂把手洗净。对他说话也都是轻轻的，即使他哭得再大声也都是小声劝慰。

在没当妈之前，你没想到你会用这么多形容词去形容这个小东西——"小天使""香饽饽""小萌物""小宝贝"，你恨不得把全世界最美丽最讨好的词汇都加在他身上。

　　曾经看到一个育儿论坛上，有些妈妈担心孩子生下来后，自己会睡死过去，孩子饿了自己听不到，但当宝贝真的出生后，即使自己身在厨房阳台，十几米开外，三四层门相隔，都能听见孩子细微的啼哭声和扭动声，会第一时间冲进来，第一时间睁开眼，冲奶粉，喂奶，拍背哄睡……

　　和孩子保持同一个姿势，一起雕塑一般入睡，更是常事。自己的手背就是儿女的枕头，身材走形，闭门不出，腰酸背痛，睡不了一个整宿觉，更没什么大不了。

　　孩子的奶粉、尿片、脸上的一颗小湿疹，衣服和护肤品含不含甲醛添加剂，几个小时喂一次奶换一次尿不湿，这些才比天地大。你以为你才是儿子的模范，错了，你会看见自己手背上那个小小的生命，正在用自己的方式，去摸索着探望着，喝第一口奶，抬第一次头，长第一颗牙，踏下第一个步子，说第一句话，在儿女身上学到的生命的张力和坚韧才是支撑父母不计辛苦的动力。每一分每一秒，我都想从他身上学到对生命的理解，是什么在支持着他，指引着他，没有任何人教授，就慢慢地长成了一个有自己心事想法、不去放弃的"人"？

儿子满月，带儿子去宝宝屋洗澡，他不敢下水，坐在澡盆边沿哭，小手乱摇着，警惕而带有期待地望着我们，但当大人把指头放到他手心里，他就敢睁大眼在水中踏步。

在没有生下一个"人"之前，你不会觉得"人"要活下来，长成像我们这样腿脚粗壮的成年人，要经历多少难关，只有你亲身经历和直接观察了他的种种第一次——一次次摔倒、爬起、生病、愈合、痛哭、微笑、被拒绝，到再次索要拥抱，重新站起来，你才能意识到，人之所以成为人，除了因为他是一个家族的期冀与血脉延续，更因为他能帮你看清很多你的弱点、强韧和在种种关系里的不可或缺。

对于子女而言，父母也许是供养的天堂，但对于父母而言，子女的意义却不仅仅是回馈下半生的赡养者。毕竟，每一个生命都是独特的，坚强的，被期待着，降临到这世界上来的。

我们因为这不可或缺，来到彼此的身旁。

有些黑夜，你不必一个人穿越

> 爱笑的孩子运气不会太差，天上最亮的那颗星星，是走失的亲人在看你。

1 岁到 7 岁的我，是老奶奶陪着长大的。老奶奶是我奶奶的妈妈，现在记忆有些许模糊了，只记得老奶奶有一头斑白的头发，笑起来像甜兮兮的皱皮的桃子。

我爸那时在地区效益最好的农机局上班，工作很忙，每天都要噼里啪啦地打算盘，哪怕单位离我家住的四合院就隔着一条马路，他也没时间回来照应下我。

我对妈妈的记忆更是少得可怜，就记得妈妈每天下班回来，都要在灯光下装便当盒，只有这时我才能好好地打量下面前这个模糊、冷峻、指手画脚的女人。她不是骑着自行车去上班，就是和一群大妈阿姨坐在家门口的树桩上聊天嗑瓜子。而我，就远远地扒着门缝看她们把瓜子皮吐成抛物线，在家里叠叠青蛙，把纸条穿成地雷吹在风里……

我在很多文章里都惮于写妈妈，实在是因为对妈妈的回忆少得可怜。

小时的我羞于承认，羡慕那些趴在树桩上、能够和妈妈蹭在一起脸贴脸撒娇，光明正大听大人谈话的孩子。我甚至对这些孩子产生了莫名的敌对情绪，他们像一群吃奶的小猪围在树桩旁时，我就斜睨着眼睛瞪他们，恨不得眼中的怒火能烧着一条空气，直接点燃他们的屁股。他们有爸妈接送上学放学，看着他们的父母心疼地抢过书包，背到自己肩头，我就气鼓鼓地大嚼两口面包。

我后来变成了娃娃头，只要玩捉迷藏之类的游戏，我就让这些爹娘控当鬼，他们在院外哭腔连连，一声声地叫着我们的名字，而我早就潇洒地领着一群娃娃跑回家吃葡萄看动画片去了。

之所以提到老奶奶，是若没有老奶奶，按照我高中化学老师的话，我这么调皮捣蛋的人迟早要蹲大牢。我也不知道为什么小时的自己鬼主意颇多，估计是想着不在沉默中爆发，就在沉默中灭亡。可老奶奶是唯一治得住我的人，老奶奶也没用什么奇门怪术，只是一到冰凉的深夜，就用她粗糙的大脚，把我的脚心包在双脚里。

老奶奶常在闲暇时背上竹筐，叫我和她一起去田垄上拔萝卜。带着土腥味的萝卜，老奶奶拿袖子擦擦，把外面辛辣的白色外皮啃掉，把里面甜兮兮的多水的部分给我吃。

那时的学校，孩子们会攀比谁的零食多，谁的好玩东西多，老奶奶就拿手绢给我叠了只老鼠，挂到我的书包上。老奶奶的手绢至今我还记得，是白色的，上面绘着文竹和两只缠颈对歌的天鹅。老奶奶还揪了蒲公英、苜蓿，炸成酥脆的丸子叫我带到学校去和大家分享。老奶奶还熬了绿豆粥，绿豆压得软软的，撒上砂糖，放到冰柜的冰盒子里，冻成一个个方块形的绿豆冰棍，这绝对是温暖牌的冰棍，好吃得一塌糊涂。

多年后，当我写这些文字时，那种香喷喷的绿豆冰棍的味道，好像还诱惑着我的味蕾，吧嗒吧嗒地要淌出口水。

我保存着一张老奶奶的照片，八十多岁的老人，绾了个白色的发髻，端庄地坐在窗台前，侧脸凝望着门外的风光，光线把奶奶对着我的半边脸打得透亮。

　　我在一本相簿里，挑出这张照片时，老奶奶已经过世了，我很想从老人家的眼睛里，看出她在凝望什么，想些什么。老奶奶的眼睛弯弯的，就像天上的月亮缩微到了老人家的瞳孔里。

　　老奶奶还特别会讲故事。我记得小时候老奶奶给我讲了个小狗老在沙发边撒尿，然后尿着尿着就变成了汪洋，把小狗给卷走了的故事。乃至后来，我一提裤子此故事就四连拍地在耳边回荡。老奶奶实在是个英明的剧作家、小说家、人民矛盾内部化解斗士……

　　还有一次，我因为爸爸妈妈再一次把我放到老奶奶家，捶着墙哭得小心脏一颤一颤的。老奶奶起先是拍着我的后背，把我的小花脸捧到她干瘪的胸前。见没用，老奶奶就出去了，过了十几分钟，捉了只翅膀一张一合的大蜻蜓，蜻蜓就像下雨天的晾衣杆，身子一节一节的，两只黑黝黝的大眼睛不会转，但翅膀一合上尾巴就像喷气机一样上下晃荡。老奶奶在蜻蜓身上缠了绳子，绑到我的手腕上。

　　老奶奶把我放到她的床上，床上有很好闻的肥皂味。她银色的发丝垂到我的脸颊上，痒痒的。我已经不哭了，倚在老奶奶的肩头上。老奶奶打开窗户，窗外是璀璨的星空，蓝紫色的天上一颗颗星像缝补上去的银色纽扣。老奶奶摸了摸我的脚心，非常冰凉，就双手摩擦把手焐热了，贴在我的脚心上。

过了会儿，老奶奶也仰躺在床上，我们挨得近近的，她身上有叫我闻着安心的菜味。她把我的脚裹到自己的两脚间，说："女女啊，你看那很远的地方，是老奶奶的家乡。"

我不懂家乡的意思，但还是努力想听懂，就把脸靠到老奶奶的耳垂上，老人家的耳垂软软的，烫烫的。她说："你老爷爷就葬在那里。"

窗外的冷风灌进来了，夹杂着各种声音：门口有些人下班了，车轮碾过的声音，土地下草芽拱土的声音，喧喧嚷嚷的嬉闹声，还有风孤单地在屋子里转圈的声音。老奶奶的胸腔里有不规律的杂音，听得也很清楚。

多年后我写这些文字时总在想，为什么我记得这么清楚，就像有个戴小圆帽的拉洋片的人，在一格一格放映当年的情境。

老奶奶说："你老爷爷就一个人葬在那里，那里冷，老奶奶以后也会过去陪着他的，那我们女女怎么办呢？你想老奶奶了，就看看远处，就像在窗户前看老奶奶一样，老奶奶也会看着你。"

老奶奶又指着天上的星星说："天上有神仙，神仙知道女女的心意，女女想什么了，就和神仙说，神仙会告诉老奶奶的。"

多年后，我退学，流浪，一个人去了很多地方。有一年我实在撑不住了，那是在和我妈的关系几欲破裂、准备离家出走时，我带了一张老奶奶的照片，老奶奶好像没有老，头发依旧是白的，笑起来眼睛依旧弯弯的，就像皱皮的桃子。我把那张照片从相簿里抽出来，和闻声从卧室走出来的爸爸说："爸，我要走了。"妈妈叉着腰，在卧室的门口冷眼望着我。"走就走，还那么大张旗鼓干什么？还带你老奶奶的照片干什么？"

照片就好像听见声音了似的，从我的手里滑到了地板上，我忽然就止不住地呜里哇啦地哭了起来，好像从那张照片彻彻底底滑落到地板上那一刻起，我才醒悟到，有这么一个人，一位最爱我的老人，就这样没有了。

高考前三天，我和几个同学走在路上，同学问停下脚步的我："你抬头看什么呢？"

我说："看天。"

他们问我："天上有什么可看的呢？"

我说:"看到最亮的那一颗星了吗?据说,对你发现的第一颗星星许愿,愿望会特别灵,也容易实现,你试试。"

同学双手合十,他不知道我在对哪颗星许愿,可我想,相信天上有神仙的人,愿望真的会比较容易实现吧。

黑黢黢的深夜,我总是很容易就发现天上最亮的那颗星星,就像一颗大白蒜瓣滑落到地平线上。我说你看,你们要相信,爱笑的孩子运气不会太差,天上最亮的那颗星星,是走失的亲人在看你。

而只要这样虔诚地走着路,相信黑夜总会过去,第二天,又会有漫天的星星在看你,总有一颗,会听见你的愿望。

我们都是长不大的孩子

> 和孩子们相处，不用像和大人那样做头脑游戏，
> 乐就是乐，哭就是哭，大人的表情太难琢磨透。

上午，我赖在干妈家的卧室睡懒觉，她像只小毛毛虫，悄悄地拱进我的被子里。

我觉得脖颈痒嗖嗖的，回头看，她白胖的小指头戳戳我的脸颊："姐姐，起床了。"

她只有两岁，走路虽不是摇摆得很严重，但还得担心一不小心就会撞到头，大家都把高脚桌和带尖角的茶几收了起来。她是淘气的小花猫，喜欢在桌子下钻来钻去，叫大人们寻找她。

她穿了个小花裤子，留了蘑菇头，头发黑茸茸的像四月涨起的海水，温柔，平和。我贴近她，都能闻到婴童身上好闻的奶香，她

的脸也软乎乎的，好像果冻，一戳，就自己弹了出来。她提着自己的花毛衣，毛衣上有只吃小鱼的猫，拉过我的手，叫我摸摸那只猫，之后就自顾自咯咯地笑起来。

我走哪儿，她就跟到哪儿，虽然我们相见也不过半小时，她就认准我了。我洗脸，她就藏在洗衣机后面，露出半边脸瞅我，我问她："你擦脸油了没？"她忽然说出令人惊奇的话："你好像我妈妈。"

心里好像有什么温暖的东西流过，一朵一朵的小雨花渐次绽开。这些日子我格外疲惫，虽然我不说，但内忧外患常让我睡觉都紧攥着拳头，夜晚到了三四点仍辗转难眠。水龙头里，水往上涌的嘶嘶声都让我很焦躁想发火。我常保持着一种冷酷的姿态，在自己和他人之间，隔一层玻璃，只有我能打量到别人的表情，而他人，很难走进我的心里来。

想起刚从床上起身，她从背后抱住我。我低头发短信，因为前几天着凉，有点鼻塞。我摸过一张纸，她忽然紧张地绕到我前面，低头看我，眼睛像活泼的小鹿，小手摸着我冰凉的脸："姐姐你是不是哭了？你别哭，别哭……"

还是奶音，可这奶音暖到心里，却令人真的鼻酸得想哭。她好像想起了什么，爬下床，拿来一只机器猫的玩偶，意思是叫我抱抱它。抱抱它，也许心里会舒服些。

我和她解释："我没哭。"她才如释重负，爬到我的肚子上，笑盈盈地望着我……

我拿着洗面奶的手忽然停住了。我说："叫我抱抱你好不好？"她又使坏地跑掉了。几秒后又拍拍我的腿，她见我裤子露腰了就帮我往上拽了拽腰带。她不到一米高，提着自己的花裤子问我："漂不漂亮？"我揉揉她的头发："漂亮。"她很高兴，又褪掉一层裤子叫我评价她的秋裤。

孩子的快乐天性最珍贵，就像小狗一样，他们的品质最接近上帝，忠诚善良。

我吃饭，她坐在高脚凳上，摆着小腿瞅我吃饭，我怕她掉下来，扶住椅子。她嘴上说不爱吃鸡肉，可小眼睛滴溜溜地围着鸡肉转，我撕下一块肉往她嘴里塞，她嚼了两口又吐了出来，抱过一个巧克力派叫我撕开给她吃。

我对孩子有种天然的耐心，和他们相处，不用像和大人那样做头脑游戏，乐就是乐，哭就是哭，大人的表情太难琢磨透。

她鼓着腮帮子，忽然涌出了鼻血。干妈吓得赶紧从厨房跑来，抢过她的巧克力派，干妈解释：小孩血旺，不能多吃巧克力，吃多了就流鼻血。她仰着头，食指还蘸着嘴角的巧克力残渣往嘴里抹。

过一会儿，她鼻子上塞了个纸团，像只小蝴蝶一样扑到我怀里，问我她塞着纸团的鼻孔漂不漂亮，又好像想起了什么似的问我："我怎么流鼻血了呢？"我又好气又好笑，亲亲她的头发："漂亮。"她指指我："你也漂亮。"

两个孩子，一个虽胳膊腿已长得像大人般有力，足以走过高山远水，会皱眉头会发火会在想哭时憋回喉咙会狠心斩断不合意的感情，但心里住着个长不大的孩子。一个走路仍摇摇摆摆，小胳膊只有三支铅笔并列那么粗，却有太多大人丢失的机敏细心，可终究是给颗糖就会作揖的小孩。

两个孩子，就这样你贴着我，我抱着你，眼睛对着眼睛，笑哈哈地融成了一体……

她要睡午觉了，我给她喂了奶，她不老实，喝完奶还滚来滚去的。

我给她讲童话故事，唱《喜羊羊和灰太狼》的童谣哄她睡觉。她靠着我的胸口，小手指头裹在我的手心里，像个天然小暖炉。那一刻我忽然觉得她好像我十月怀胎生出的女儿，我亲亲她的额头，说："宝贝，我爱你。"

我要走了，她忽然哇哇哭了，把她的零食和故事书都堆到我面前。我下床，找不到拖鞋，她急急地把自己的小兔子拖鞋套到我脚上，嘴里还含混地念着："不要走不要走。"

我笑着问她可会想我，像士兵即将奔赴战场，和妻儿分别的口气。她还不太懂"想念"的意思，点点头，走上前，勾住我的脖子，"啵"的一声，亲了下我的右脸颊。

想起一个多月前，表哥有了小孩，我去医院探望。刚出生不到几个小时的婴儿，皮肤粉嫩透亮，眼睛都未睁开。我问嫂子，生孩子可疼。她捂着屁股，说那一刻真像风吹进了肚子里，在肠子里七绞八绞，从产房出来后，七八小时都不能平躺，只能在床板上半坐着睡觉，一动缝好的线即撕裂般疼痛。但当粉嫩嫩的小肉团抱到手心里，看到孩子的眉眼既像她又像表哥，觉得所有受的苦亦值得。

我看到小侄子慵懒地捏着小拳头睡着。在白炽灯的照耀下，像

142

天庭飞来的小天使,被圣洁的灯光缠绕托起⋯⋯小侄子时而会"呜呜"地眉头皱紧,哭两声,但仅仅几秒后,又抿唇微笑开来。

　　医生说:婴儿会偶尔发梦魇。但我还是相信,他定是在梦中,就明白了一些活着的道理。

要么早点儿去死，要么好好相守

> 什么时候都别去怀疑爱情，要么早点儿去死，
> 要么好好寻找，好好相守。

那天，我在宁波的一家青年旅社的天台上和总编聊天。当时我很消沉，因为连续几段感情的伤。忘不掉旧情人，又遇不见新情人，总是被爱情打击。看着别人成双成对，可自己只能对影自怜。加上人在旅途不断颠簸却连个递杯茶问个暖的人都没有，更觉孤苦无依。为什么总是在准备把心掏给别人的时候，却被他人把心狠狠地一把推还，撂在了地上？于是对着总编感慨："我不想相信爱情了。"

总编饶有兴致地抬起头，他显然很少见到一贯在外嘻嘻哈哈的我这么老气横秋地卖弄沧桑，笑着问我："你谈过几段恋爱，遇见过几个男人，就说你找不到合适的人了？"

我哑然了，一下子不知道怎么回答，想想自己的人生才过了不

到五分之一。也不过遇到了用手指加脚趾就能数得过来的男人，和几个毛头小子谈了几段花未开就谢了的恋情，确实还没资格去倚老卖老，说自己已蹉跎得再也找不到恋人之类的话。

总编比我大 12 岁。我经常开玩笑地说他可以当我爹了，他也在经历一段很疲惫的恋情。

为了化解尴尬，我又问了总编一个问题："我感觉自己对他们也蛮好的，为什么总是不能走到一起去？"

总编又笑了，反问我一句："你是怎么对他们的？你确定这是他们需要的感情吗？"

我再次哑然，因为我确实琢磨不透男人的心思，我用自己的方式去付出去碰壁，从来也没问过一句身边的人："我这样对待你，你是否会喜欢？"

我说我没问过，我也不知道他们是不是喜欢我这样爱的方式，但我真的很用心。

总编再次笑了，只不过此次的笑有些苦涩。

在生活和工作里，总编是个爱笑的人，爱耍宝也爱对比自己年龄小的人撒娇和扮黑脸。但我知道他的辛酸，他是个GAY，而且是公开的。

几年之内，他最爱的弟弟和爸爸都死了。当时他家真可谓家徒四壁，只有一个瘸腿的老母亲。

他有个很好的男朋友，但那个男人自己也有老婆小孩。而且，他还要负担男朋友一家的开支。因为那个男人纯净得像一块水晶似的，是人都能欺负，连撒个谎都会脸红，这样的人能应付现今这个人吃人人踩人的社会吗？

总编一直像《背着爸爸上学》里的那个小孩一样，去哪里工作都会带着他。总编很有才华，是某知名影视公司的签约编剧，还是很多杂志网站的专栏作家，很多地方都在挖他。他也很努力，我经常看见他赶稿的时候伏案而睡。他去工作的前提条件就是要把自己的男朋友带上，否则给再高的薪资也不会去。

总编把半个身子都扒在铁栏杆上，俯视着楼下的月湖。那一晚月湖格外漂亮，堤岸旁停着小白船，微风轻轻拂在我们身上，在我们身旁恶作剧地把花朵碰掉。路边夜市摆摊的人都撤摊了，那个卖唱的乐手也提着琴箱走了，没有人声嘈杂，没有爱情买卖，没有车水马龙。路灯的光影倒映在湖面上，整座城市空得只剩下我和总编的呼吸。

我想唱歌，唱那首"月亮，在白莲花般的云朵里穿行"的童谣。一路走来我都在哼着这首歌。

我们开始唱歌，声音渐渐变大，我们都忘掉了自己有沉重的稿件任务，忘了自己的棋子身份，歌声减轻了我们的压力。

总编的侧脸看起来竟有些梁朝伟的英俊，消瘦，挺拔。他回过头看我，眼里竟有一抹化不开的温柔。他说："你知道我在遇见他之前受过多少伤？被老男人戏耍，被人从村子里提着棒子打出来，翻墙头钻狗洞地逃窜。弟弟死了那一年，我一个人在家饭也不吃觉也不睡，双眼熬得通红地写东西，哭得泪都干了。好在他来了，他出现了。"

总编开始跟我诉说和男友的故事。

那一年是他最疲惫的时期。弟弟虽然顽劣，但也是他从小看到大的，每次弟弟惹了麻烦都会找他这个哥哥来摆平。他爸爸经常喝醉酒了打他妈，有次父母闹离婚，他妈哭着问他弟："你以后要跟谁过？"他弟弟头一挺："跟我哥过。"他妈妈是个很有想法的女人，但因为是村里最穷的人家，也经常受气，又被姐妹们看不起，养成了酗酒抽烟的习惯，经常喝醉了被一群男人送回家，站在桌子上骂街。

就是在这样的家庭里，最信任最依靠自己的人死了。总编一下子失去了精神支柱，变得一蹶不振。那句话怎么说的：没有最适合的人，只有最适合的时间。他适时地出现了，顶着一头乱发从长沙扒火车到大理，给总编洗衣做饭修电脑铺床。总编屋里堆满了脏衣服，他来到大理的第一天就蹲在卧室里洗衣服，洗完天都黑了，又麻利地钻进了厨房。夜晚，他拍着哭得呜呜的总编的背，什么话都不说，但胜过说一切。

总编说自己开始是不爱他的，到现在为止他也没说过自己爱他，只是他们都知道自己需要彼此。总编不会洗衣服，男友就给他洗得香喷喷的，晾暖和了给他穿；不会修电脑，男友就给他换最实惠最好用的杀毒软件和硬盘；不会做饭，男友就炖一锅给他吃，只要家里有的菜都会放进去煮，要保证营养搭配均衡。

"真正的爱人是你教出来的，而不是你捡个大便宜不劳而获从天上掉下来的。你要教会他用怎样的方式去爱你。"这是总编和我说的一句让我记忆最深的话。

两个人在一起，别去想什么爱情结果之类的，顺其自然就什么都有了。谈一个，失败了，就再去谈下一个，收拾行囊，把旧心情打扫干净，没有过不去的坎。也别分什么你的责任他的责任。是责任就一起背着牵着手往前走。他不会的你教他，他愿意为你做他自然就学会了。他不会的你也不必逼着他去学，你可以为他做。你们应该像钥匙和锁一样，互相配合着去打开人生的一扇又一扇门。

这让我想起了幼儿园玩过的游戏：把一个人的左腿和另一个人的右腿绑在一起，两人一组并肩往前跑，看哪一组最快到达终点。欲速则不达这道理我们都懂，但你想过跑慢点儿吗？你的伴侣摔倒了，你就该停下来扶他一把，或者和他一起坐下来，倒杯咖啡心平气和地探讨下为什么跑不快，怎样才能跑到终点，可以的话再彼此依偎着看会儿风景……慢下来，也是一种爱情的哲学。

谁的人生最终都是一样的，都要死，都要被黄土埋葬。过程也是一样的，谁的人生都没有草稿，都要蒙着眼跌跌撞撞往前走；只是有些人走着走着觉得不对了，就会绕过来喊几个同伴一起往前走；有些人只知道走才是目的，却不知道如何走其实才是人生真正的目的。

这就像总编和他的爱情故事一样。像我等二十出头的年轻人是坚决不敢背着一个和自己毫无干系的家庭走的（他男友的妻儿还需要大把的教育和生活经费，总编还要考虑那个孩子的结婚置业）。

我问总编："你是因为太爱他了才愿意这样做吧？我挺佩服你这种勇气的。"

总编说："不是。"这个说法真让我大跌眼镜。"我不知道什么爱不爱的，我只知道我蛮喜欢这个纯情小伙的，喜欢看他开心，他背不过来的东西，我就帮他背一下嘛，谈不上什么勇气不勇气的。"

记得《败犬女王》里有一幕，单无双在跌进沟里的时候，在卢卡斯面前画了个大大的"8"字：看到没，这是8岁，这是你和我之间的问题，你敢跳过来吗，你敢吗？卢卡斯什么话都没说，轻飘飘地就抬脚跨过去了，给了单无双一个大大的拥抱。

看到这段的时候我哭了，要是有个男人为我这样跨过去该有多好。可听完总编的故事后，我就在想，我干吗非要画那么一个"8"出来呢？要是没有所谓的"8"，就没有所谓的谁该先跳谁该后跳的

"一二三四"；也就不会因为这些"一二三四"生出那么多对爱的犹豫和胆怯。何必呢，不如闭上眼睛。我要来了，你接住我，之后再给我一个快乐的拥抱，亲吻我的额角。

在家的时候，因为约稿我认识了一位残疾男作家。他下半身瘫痪，每天跪在小竹椅上挪着行走。他现在也有了自己的老婆和两个可爱的女儿，他们的爱情故事很平凡，也很动人。

她是他的读者，也是他一个邻居的同学，经常在广播里收听他的小说。有一天，他坐在门口翻看自己的书稿，一阵大风刮来，把他的书稿都吹散了。他很吃力地趴在地上捡书稿，就在此刻，他看见了一袭白裙的她，站在巷子口，洁白的高跟鞋上玉腿诱人。

故事并没有像韩剧一般狗血，她从他面前走过，去了另一个巷子里。他继续面不改色地捡书稿，也没有打算在故事里写这么一段情节。因为他知道，有些擦肩，真的只是擦肩而已。

可是后来，她去找自己的同学，又意外地遇见了他。从朋友口中得知他是位男作家。她心生情愫，但嘴上什么也没说，帮他打扫打扫房间整理整理书稿。每天都如此。后来，她在一次整理书稿的时候发现他竟是自己仰慕的作家，他们就在一起了。就这么自然而然，他们结婚了，之后有了爱情的结晶。

人生真的没有那么多的童话可讲。那些落魄的贵公主和穷王子的故事只存在于童话里，我们的生活还是要浸泡在柴米油盐酱醋茶里的，还是要每天挤在公交车里，生病的时候要去诊所一个人挂吊针，去菜市场买菜穿的那条白裙子也许招不来王子的搭讪，却招来一条臭鱼溅一身的水。

不要老去想那些天雷地火一见钟情再见生情三见定情的桥段了。童话都是像我们这样住在出租屋里、与垃圾为伍、忍受着菜市场的狗叫声，却还要每天熬夜睁着惺忪的睡眼赶稿的人，一个字一个字敲打出来的；童话都是像我们这些连自己的生活都顾不好的穷酸写手，写出来骗骗你们的眼泪和稿费的。

童话并不美，童话背后的那些在肮脏里还能生出一朵莲花的爱情才美。擦肩并不悲伤，相爱之后却两两相忘的再次擦肩才悲伤。只要我还没死，我就会继续去寻找我的爱情。这是总编告诉我的。这也是我自悟明白的。

我还没死，只要我还有一口气，我就会继续寻找我的爱情。什么时候都别去怀疑爱情，要么早点儿去死，要么好好寻找，好好相守，这就是我告诉大家的。

希望你们快乐。希望再一次看到这篇文章的时候，是你们的爱人陪你们看完的。

我们不是雪人，可以独自应对世界的冰冷

友情就是那个深夜赶路的手电筒，它让我们感受到，还有那么一束光，替自己照清了方向。

在赶稿间歇，忽然就想到了一个问题：为什么我们会和好朋友们闹僵呢？

前几天和一个很好的朋友聊天，他从租了很久的房子里搬走了，新找的房子还是与人合租的，我便以为还是之前那个室友，问他："还是和他合租吗？"他摇摇头："我们闹掰了。"他们曾经一个锅吃过饭，一个西瓜勺子两人用。

我想了下，我也有闹掰的朋友，本来都发过誓的，要是有天她要输血，我必会从自己的血管里抽出血输给她的好朋友，为什么也闹僵了呢？

没有人不需要友情，我们都不是雪人，可以独自应对世界的冰冷刺骨。晚上下班了，叫上三两好友餐馆里聚聚，在埋单之前有人抢着付钱。想跳江时，也有人一把转过你肩头，在你脑壳上弹两下："你傻啊！"然后搂着你走进一个热腾腾的卤煮店。他懂你的长短，你知他的深浅。友情就是那个深夜赶路的手电筒，它让我们感受到，在埋到脖子的黑暗里，还有那么一束光，替自己照清了方向。

可为什么这光束会突然就灭了呢？是从什么时候开始，我们见到对方会心有芥蒂，甚至吃一顿饭都彼此玩着手机，无话可说，因为一说就是捉摸不透？是从什么时候开始，我们丢掉了撒尿和泥巴、光屁股过家家的发小好友了呢？是从什么时候开始，我们那个夏天递风扇、冬天塞棉袄的哥们儿姐们儿忽然就别过了脸去，然后消失在远得看不清的浓雾里……

深夜。寂寞。冷。这种腻得化不开的银镯伤感体不光适用于爱情，也适用于友情。

我不想把这篇文写成悼词，友情这东西，本来就应该是轻快的，你在被窝里放个屁，我都会捂着鼻子骂你两句"狗东西"，然后咯咯地笑着和你分食一袋薯片。友情是发大招的奥特曼，打败所有叫作脆弱、懦弱、自卑、伤感、迷茫、失恋、失婚、失身的小怪兽。友情是装着天鹅绒的枕头，它也许外表不起眼，却最暖人心窝。先贤们赞美友情的文字太多了，我就不一一举例了。

我在凌晨 5 点 50 分，很深刻地想着这个问题，就像玛雅人研究2012 年 12 月 21 日是否是世界末日，戴着蛤蟆镜在水晶头骨上敲一个小榔头一样。我喝了三袋咖啡，还喝了两大碗牛奶，又嚼了三个橘子，在大脑极度清爽、满身鸡血的状态下悟明白了，这个先有鸡还是先有蛋的哲学问题。

答案就是——因为把友情看得太重，所以我们才丢掉了朋友。

当我们交了一个朋友，特别是深交了多年后，总以为对方对自己胳肢窝下的痣都了解，一张嘴对方都知道自己吃的是韭菜馅还是茴香馅的包子。我们在对方面前表现自己的一切丑态，毫不顾忌讲话的方式，我们以为对方一定会十足地，甚至比把自己从脐带上剪下来的护士都了解自己有几斤几两。

我们天真地以为，既然是朋友，他必懂我的说话风格说话心情说话目的，包容我到无穷大。当我们得不到我们想得到的回应或反对意见时，我们会失望、生气甚至恼羞成怒，若敏感者就会觉得他不理解我、不保护我，在和我对着干，就是因为从不把对方当外人，当你的左手给了你右脸一巴掌，你才会这么绞碎心肠。

越是表现得斩钉截铁的绝情，越是重视一段友谊；越是天方夜谭的承诺、两小无猜的拉钩、对天仰鼻的憋泪、勾头搭脑的触摸、生死相对的托付，越是在乎一个朋友；越是想得到这个人肯定或安慰自己的言行，越会因为朋友的一句冒犯自己的玩笑话或偶尔的心不在焉而发飙。

人无圣人，朋友更如此。他不是你大脑里的定位仪，知道你的所思所行都是为了什么。我们就算再了解一个人，也不可能百分百了解透彻。特别是这个时代，谁都有那么点儿皮包肉下的私心。"你若过得好，我便安心了"，那是完美型圣人型人格的朋友，但大多朋友是你若过得好，我在安心的同时也会比对下自己，我若过得不好，心里也有那么一点点失落，你若过得不好而我也过得不好，我们许能一个手帕抹眼泪，臭味相投地碰两杯宽心酒。但你若过得不好的时候，我过得很好，我自然想倾囊相助，可是我也需要老婆孩子丈母娘爹妈老板客户地轮轴伺候着，长大后我的时间已经被拆分到秒，每天睁眼都是艰难模式自动开启。我不一定能抽出时间金钱去陪你，把你的头靠在我的肩膀上，听你说说苦与愁。你就在敏感的猜忌里觉得我这人不够仗义或者心眼多了、摆架子了，从此，你离开了我，而我还纳闷伤感地琢磨不明……

还有些朋友，是太把对方当铁金刚葫芦娃施瓦辛格，我怎么开你玩笑泄你隐私占你领地八卦你儿时尿床偷钻女厕所的丑事儿，你都不会生气。诚实有时也会给人带来伤害，不是每个人在成年后都会依旧保持少年时爽直的秉性，我们进入社会后，在见到一些复杂薄凉的事情后，都会有或多或少的改变。

人就像猪笼草，它的承受底线取决于它当时所捕获的猎物和环境光照。你今天和他开玩笑他许是阳光普照，不和你生气，但如果明天在他丧母失恋失业被狗屎绊倒时，你依旧坚持着你无伤大雅的恶作剧，或者不回应的一贯冷酷，你也许就会失去一个朋友。在某一时失去了，就是永恒。

我也会做很蠢的事情，因为以为是友情，大家喜爱我，自然会站在我的观点上，旗帜鲜明地支持我。人有时会绑架他人的观点，因为被一时气昏了头，或者想掂量自己在他们心目中的分量，所以不在意对方也是有自己原则和观点的人。这种以失去相威胁或指责式的站队，会让他人在和我们相处时心里有压力，不再那么欢快。

我在年尾时，就做了这么一件大错事，所以失去了几个朋友。

我不爱对朋友道歉，因为要保护自己的尊严。做人嘛，就得当一盘菜，死也要端着自己的姿态。我想有我这种观点的人应该不是少数，总觉得自己无条件地捍卫自己的观点，是对自己独立人格的捍卫。既然是朋友，必然立场相同，若立场（特别是在一些敏感话题上）不相同，就会心生隔阂话不投机半句多。朋友就是瓦檐上的草，割了一茬还会长出一茬，我们在现今的世界已经习惯了冷漠和独自生活的寂寞。山高皇帝远，远水也解不了近渴，大不了在这茫茫的人情沙漠，独自抚摸自己的伤悲寂寞，也落得个没有他人指手画脚的复杂烦忧。

在成年人的社会里，我们都学会了假装要强的化妆术。可还是会孤独，会在某一天，翻出他送给自己的礼物，她为自己整理的琴谱，或是他她和我在一起傻逼呵呵地比画着剪刀手、躺在草坪里的照片时，忽然就有种眼泪滑落到鼻角的酸涩。

原来他们不是草，他们是站在我身后，替我遮阴的不可缺的大树。若当时道个歉，也就不会这样，丢掉了那么想念的你的消息……

学会道歉和接受他人的异见，也是人成熟的标志。成熟不是意味着要践踏儿时崇拜得一塌糊涂的东西，不是意味着要抱着可笑的尊严死扛到底。这是我在错失了一些，也许一辈子都难以再碰到的

挚友时，后悔莫及后才悟明白的道理。成熟意味着，在我需要你的
时候，我告诉你，而当你需要我时，我没有做到守护在你身边，我
也会为了不失去你而诚恳地道歉。成熟意味着我袒露给你的情绪
行踪，但我也呵护好你偶尔的神经质和伤到我时的粗心大意。

在友情的世界里，我们都是渴望被在乎、被原谅、被了解的那
个嘴硬心软的小孩子。

当朋友扯到金钱，就会特别麻烦，所以我把祸害到友情这棵苗
苗的害虫放到了最后来写。金钱是个烫手山芋，若不是因为救急，
也没朋友会耍出手段来诈骗拖欠，谁都豁不下这个脸。

可是现在一碗盖饭在北京的 CBD 要 15 块，上海要 20 块，深圳
要 16 块，而我们的平均月薪只有 5000 块的时代里，当我们掏掉一
个月一两千的房租，外加一两千的菜钱时，我们的囊中羞涩，可又
怎么好意思拂了朋友的满面愁云！

打肿脸充胖子这事儿我也做过，明明手头紧还是克扣着自己把
钱借给了朋友，为此也曾冬夜不能加衣、卧铺改成硬座，也受过他
人的帮助后平生了麻烦。若借钱没有规定好还款日期，这钱还是别
随便外借。提钱伤感情，而提感情，就伤到了钱。钱是支撑我们活

下去的骨气，大家都不是有情饮水饱的君子，若为了几张票子，毁了几年几十年结交的友谊，何苦呢？

既然是朋友，便在没有照顾到你的情绪冒失地伤害到你时，允我诚恳地说一次"对不起"；既然是朋友，也请你体谅我的钱包、要爱己爱家人的私心和偶尔会有的情绪发作；既然是朋友，就呵护好我告诉你的拉钩钩的小秘密；既然是朋友，就尊重我的原则和立场；既然是朋友，就让我们在大人的世界里，用大人的规则，建造孩子最爱玩的游乐场；既然是朋友，就请你知道，我并不是百分百地理解你。

但我愿用心，去靠近最真实敏感的你。如果你给我打电话哭诉，我会不嫌弃地接到累得手哆嗦……

待把彼此都磨成刚好的刻度

> 待把彼此都磨成刚好的刻度，我们才会不那么
> 容易丢掉一个珍惜的人。

在生活里我们会发现这么一件事情，有时我们的朋友或爱人莫名其妙地就不理我们了，或者在我们说了某句话后，总是泼冷水。我们纠结、难受，却并不想放弃这段感情。

每个人心底都有些珍惜的人，就像冬天暖盆里的炭火，若丢失了他们，我们就像被扔进冰水里的猫，四肢受困，窒息孤独。

这些找不到的理由，更是如鲠在喉。剥开记忆的茧，我们待他们，自是真心的。他们穷困，我们偷偷买来东西送给他们；我们买了新衣服，也愿第一个让他们品鉴；我们做出什么成绩，都愿意第一个告诉他们；就算分隔两地，也在心的最底层，给他们留了珍贵木匣。

可是，为什么他们会离开我们？

我在宁波时，曾和我的主编深夜倾谈。我问他："为什么我对他蛮好的男孩，会和他分手呢？"主编问我："你确定，这是他们想要的方式吗？"这话给我敲了一记警钟。

感情这事儿，每个人都有自己的方式和底线，我们在对他人倾囊付出前，不要踏过他人底线，冒犯别人尊严，有时你认为的好，别人并不喜欢。

在家庭关系里，我们会发现，我们的父母会做出一些冒犯我们的举动。比如冬天了，我们已穿好衣服，却被拦住，说要换另一件，我们脱掉精心装扮的服饰，自是有怨气的。父母爱我们吗？他们爱，却并不知少年的孩子，也有自己的审美观和独立裁决事情的能力。不论我们须发长留，还是有了伟绩，在父母心里，永远是长不大的孩子，他们用老辈的经验，干涉我们的婚姻、工作、友情。他们自是不想让我们吃亏，可这种方式，我们并不想要。

而子女呢？当父母指出我们的服饰太怪异，或朋友不够礼貌、爱人与我们不合适、跳槽的频率太高，我们就跳脚愤怒，或者有些倔强地和父母对着干，几个月都不打一次电话，这梁子算是结下了。

我们不过是想向父母证明，我有自己挑选朋友、爱人、工作的权利。但我们紧紧关上卧室的门，对爸妈的话一概装聋作哑，这无疑是在用冷暴力戳伤他们爱我们的心。

有时候，我收到一些信件，这些信件铺陈着自己的难过和朋友、爱人、家长的种种缺点。我在看完后会很疑惑，就算他们真的有错，我们就真的一点儿错都没有吗？前几天有个姑娘问我，她男朋友脾气不好，假如有人啐痰了，他觉得恶心，也会啐一口痰骂别人；若保安不让进某处，就揪着保安衣领想打人。她每次都阻拦不住，经常和男朋友吵架，但都是为了别人吵架。问我该怎么办，他是不是一个攻击型人格障碍患者？

我回复她：你男友是逆反心理很重的人，不一定是攻击型人格障碍，就是一种晚熟的叛逆行为，可能和他的家庭成长、工作环境有关。你是不是每次指出他的问题时，措辞也很严厉，大多是说他某些地方做得不好、不对？我建议你换一种说话方式，变驳斥训斥为鼓励指引。你应该温柔地告诉他，哪种方式是你喜欢的，而不是粗暴地说，他做的哪些地方是你不喜欢的。

她想了下，自己有时说话是过分。我们在与人相处久了后，就会忘记对方也是有底线、需要被尊重的。就算是气恼，有些话也说不得。人和人的交往就像跳探戈，你进我退，方能跳完舞蹈，你也进我也进，我们就会把对方逼得动弹不得，你退我也退，这关系就彻底淡漠了。人与人的相处要有技巧，总结起来也不过两行字：己所不欲勿施于人，将心比心。

我的座右铭就是这四个字：将心比心。这也是我写东西的准则。人无完人，社会会因人和人的差异性而丰富多彩。

之前看柴静采访剑桥大学乐思哲·博里塞维奇爵士，当时剑桥校园里学生正在抗议当局提高大学学费。

柴静问：您会感到紧张或者难堪吗？

校长：不，完全不会。因为这是学术界，在这里我们期待辩论，并鼓励大学里的思想自由。

柴静：但更多的校长可能希望得到尊敬和服从，您不是吗？

校长：那他们就不会来剑桥。

柴静：剑桥的学生考试几乎没有选择题，大部分是开放式的提问。为什么会用这样的方式？

校长：如果你只考封闭式的问题，只需回答是或否，那么只会让考试变成死记硬背的记忆测试。我们想做的，远不只是记忆测试，我们更希望知道学生怎么想，怎么建构自己的想法。

柴静：你们希望剑桥培养出什么样的学生？

校长：一个理想的学生应该拥有极高的学术天分和刻苦学习的潜能。同时，他必须独立，并且在学术上有自由思考的能力。他要有志向，去不遗余力地鞭策自己，同时，具有改变世界的壮志雄心。我们更倾向于个人的判断而不是论文的数量。因为论文的数量会因学科而异。例如，我们的学科——免疫学很容易发表论文，我们发表了很多论文，而哲学家可能一生只写出一本书，但这一本书所创造的价值，也许比五百篇免疫学论文还大得多。

柴静：但我想那些需要论文数目的管理人员可能会说，我们说了算。

校长：我们不玩数字游戏，我们认为这是对大学本质的滥用。因为最终，为学子授课的不是管理人员，而是教授和讲师们，是他们让年轻人被睿智的思想所感召。剑桥的独立思考精神能让年轻人创造出足以改变世界游戏规则的伟大成就，不管是什么专业。我们坚信，这就是剑桥的学生和老师会在世界上脱颖而出的原因，而且最终会将这种品质与卓越在未来传递下去。

国人因文化和教育原因，酷爱划分阶级，喜欢把人的身份乃至观点喜好划分为三六九等，如果你喜欢看历史书籍和宫廷秘闻，就会发现有鸿儒对白丁、草民对权贵，提笼架鸟就比斗蛐玩泥要高尚。他们习惯对他人有一种下意识判断，喜欢树立权威，叫他人服从。

他们在树立权威时，常常用两种手段：以失去相威胁或指责式站队。前者的方法是你如果不怎样做，你就会失去心爱的某物，用危机感来逼他人服从自己的观点；后者是用指责和羞辱他人自尊心来命令他人跟从。

这种思维深深地传染到了我们的爱情、友情、工作里……在爱情里，若对方做了自己不喜欢的事情，我们就用提出分手、离家出走、自杀、冷言冷语等来逼他人妥协；在友情里，我们用讥讽他人的饮食习惯、服饰穿着、爱情对象、工作学业等逼他人认可自己；在家庭里，我们喜欢划分——谁听谁的；在工作里，我们对上级一边架起神坛，一边暗自拆台，对下级表面信任，实际却怀疑不放权。

国人喜欢打腹语，爱插手他人隐私，说话做事靠猜测而非直截了当，这都是我们必须要揪出的弱民性格。

因为情绪不好或太在乎一段感情，我们评价或转述他人和自己的冲突时，往往倾向于自己，放大他人的缺点，忽视自己的错误。

大家应该都有这种感觉，身边的朋友恋爱，前几天还如胶似漆，后几天女孩或男孩就喝酒捶桌，把恋人批得体无完肤，从睡觉的姿势到上厕所时间过长，从小气吝啬到化妆时间过长……为什么我们的爱人忽然就变了一张脸？朋友也是，之前勾肩搭背，后来就变成相互指责"他是小人""她在利用和排挤我"。工作更是有趣了，前几天还激情表态，后几天就说这份工作不适合自己，老板法西斯、同事奸诈。

我相信，可能有很少一部分人是善于伪装的，但大多都是在放大他人的错误，掩盖自己的错误，不是他人有变，而是我们的态度或接受能力有变。她忽然疏远你，是不是你做了些尴尬的举动，戳痛了她的自尊心？他说话不中听，你是否也反唇相讥了？他脾气暴躁，你是不是也跟着摔碗摔盆了？你工作被炒是不是也因自己倦怠？你在和他人转述或评价某些事时，有没有丢掉公允心？

公正地看待他人和自己，不要厚此薄彼，是我们每个人都要学会的。人人心里都要装一把尺，不论是对人对己，都要划得分毫不差。待把彼此都磨成刚好的刻度，我们才会不那么容易丢掉一个珍惜的人。

Part 5

当你足够爱，
就会足够好

当你足够爱，就会足够好

> 我听过那么多句"我是如此的爱你"，唯有从你嘴里发出的，最让我有想哭的冲动。

我从没想过，我会为了一个男人，撅着屁股在这儿洗衣做饭；我从没想过，不沾阳春的我会在这挑拣酸咸苦辣；我从没想过，我会为你掉那么多的眼泪，吧嗒吧嗒，像永远下不完的雨水；我从没想过，我会在你轻闭双眼的时候，偷偷亲你……

你看，爱情把你我都变成了不认识的样子。如此的胆小，如此的谦卑，如此的自暴自弃，如此的故作不在意又掏心掏肺。

我相信每个人心里都需要爱情，尽管说出它需要勇气，因为爱并不是如一日三餐的日常用品，它是奢侈品，甚至需要维修保养。在爱情的世界里，你我就像手托磁石 S 级的人，而他或她则是手托 N 级的人，我们需要在万千相似的面孔里，找到那双你注视它，就不会再感觉孤独不安的眼睛。我们寻找得如此辛苦，甚至几次栽倒，被他人把心一把推搡在地上，几次都不敢再相信，这般寻找下去，他或她会在下一个拐弯处翩然而至。感情，往往在你我心力交瘁掉头离开时，两相错过。

谁都无法给爱情做一个加减法，算出我们寻找到另一半，还需要多长时间，多少距离。爱情就因为这不可猜测，充满了玄机。若有幸遇到，谁又都无法端出合适的菜谱，做出他恰恰喜欢的口味。

爱情里充满拿捏、纠结、迷失、愤恨，还有在清晨窗帘掀起时，阳光打到他饱满的麦色肌肉上那种好看的色泽，以及反光玻璃上映出他像跳动的鲸鱼一样扎猛前行的侧影。就像缱绻入睡的婴儿，爱情常常让你不设防地袒露一切，把最柔弱的一面暴露出来。

在相爱的时候，我们就像躲进了一个核里，外皮一层层地脱落，其中包括干瘪的皮肤、发朽的心事、随时准备撤逃的防备，然后一个鲜亮的、纯洁的、好像从未受过伤害的你，从这个核里走出来，等待着一次新的抚摸和亲吻。

我爱你，所以我想占据你；我爱你，所以哪怕这彼此占据充满着脚踩刀尖的危险，哪怕血涂遍地，我也甘愿。

爱至深处，便是改变。

初相爱时，谁都想秉持自己，即使是服饰喜好，也坚决不想改变，起初在一起时，总害怕若为对方改变过多，就会占据下风，对方就会乘胜出击，将自己从头到脚改造得服服帖帖。抑或对方全身而退，唯留自己端着他喜欢的汤饮，穿着他挑来的卡通睡衣，在他喜欢的一首首歌曲中失眠辗转。

你离开了我的世界，却把你的影子印在了我的角落里，我走在每一条你走过的街头都会怀念你，听你听过的每一首歌都会怀念你，我甚至连告白的语气都效仿着你。你曾对我那么好过，好得我甚至愿意揪住每一个经过我的人的袖口，告诉他们——我是如此的爱你。可你却走得无声无息，像不觉融化的轻雪。你对我那么好，却将我抛在没有你的世界里，我该如何是好？

可爱情也巧妙在这儿，即使你是个再理性、再能拿常识公式去拆解爱情的人，到了"情不知所起，一往而深"的地步，所有的理性也会彻底崩塌。

朋友深夜和我聊天，本是七尺男儿，却在喜欢的女孩难忘前男友并选择掉头回到那人身边时，号啕大哭。视频那端，我看他抹着眼泪，脖颈上扬，争辩着："只不过是伤风感冒了。"爱情即使是到了最后，也要保留一丝自欺的自尊。我不愿拆穿，他不愿看清。到了最后，他竟决然发了誓言，从此再也不来北京。因为玉兰花飘洒的时候，会想起她给他揪落头顶花瓣的贴心；汹涌的地铁站，每一站停靠下来，他都兀自相信，她也许会在某一个停靠站露面；因为她会在某条固定的地铁线上下班，他宁愿改道也不愿再和她制造一次偶然的、也许永不会再撞见的"邂逅"。

恋人若被迫分别，连两人相遇的城市，一起逛过的图书馆，看过的电影，保留过的旅行票根都生了罪，一起被揽到了回忆的抽屉里，盖了灰，可又忍不住一次次念念不忘地回顾，重复：她穿连衣裙的样子，真的很美；她喜欢我狂野地吻她；她瘦得好像风一吹就倒；没有我的日子里，还会不会有人记得给她带早餐？她有没有长胖一点儿？

两个固执保留着过往爱人喜好的男女，就像两列坏了刹车的列车，因习惯了某种惯性，所以即使偶然在半途相遇，也会因刻意的比拼和无功的怀念而失之交臂。没有人愿意自己的恋人时时刻刻念叨前任的好，而两个都在想念前任的人，不过是寒夜里的一次拼被，一人的体温短暂温暖另一人的体温而已。

在大理偶遇一个姑娘，在人来人往的商业街，瘫坐在地上，无声地抽噎。我经过，拍了拍她的肩背，往她手心里递上一张纸巾，告诉她，无论一个人过去有多么好，都不值得你在这车水马龙的街头，如此狼狈怀念。

她身旁，一个短寸发型、表情明显隐藏着痛苦的男孩，安静地坐在她背后，冷峻地观察着路人的视线，手里还端着一杯散失了温度的奶茶。

多少时候，我们是在用背去对待那些默默守护我们的人呢？

可我还是喜欢那些用情过深的人。因为爱于他们来说不是一蔬一饭，而是爱你就像爱生命，"静下来想你，觉得一切都美好得不可思议。以前我不知道爱情这么美好，爱到深处这么美好。真不想让任何人来管我们。谁也管不着，和谁都无关。告诉你，一想到你，我这张丑脸上就泛起微笑。"一个人，若连生命都捧出来，去送给另一个毫无血缘的人，这种无私当真叫人喝彩。

以前的老同事，每天坐两小时地铁去上班，来回要消耗四小时在路上，下班回家后又马不停蹄地冲进厨房，双手揣进冷水里洗菜择菜，还要翻洗男人洗澡换下的内裤。未结婚前，我们聊文学聊旅行，一群姐妹里她当数最会打扮，想法最活络，若想背包旅行，脱下高跟鞋就敢夜闯火车站。结婚后，听她念念叨叨，先是讲男友喜欢吃红烧肉，掐算菜市场的猪肉又涨价啦，再扩展到公婆的胆固醇有点高，再上升到是不是到了年龄了，该给老公生一个娃，从此床头夫君打鼾，床尾尿片高扬，风一刮来，就像鼓起了千百面鲜艳的旗帜……

我们开玩笑问她"堕落"如此快，可曾甘心？她只是笑笑，端出一盆又一盆饭菜。男人在她又一次走进厨房时，细心地替她把头发捋到了肩膀一侧；担心汤汁四溅，又给她紧了紧围裙；然后在众目观望里，毫不羞涩地"吧嗒"一声，亲了下她的后脖颈。

他知道我怕黑，所以给我买了小夜灯。

他知道我吃不惯辣，所以每次点菜，都会和服务员叮嘱一声，少放辣。

他怕我坐地铁太劳累，所以饭后会给我捏脚。

夜晚风凉，他会带件我的大衣，牵着我的手，一起去遛弯。

他能打败我旅途的空虚，抱紧我寒冷的荒凉，却去我时刻绷紧的坚强。

他肩膀虽不算宽厚，但我靠着他，就好像看到了我们会一起老

死的命运。

　　——我走过这么多的路，见过这么多的人，看过那么多颗或纯洁或无良的心。我听过那么多句"我是如此的爱你"，唯有从你嘴里发出的，最让我有想哭的冲动。

我们有那年，时光恰恰好

> 泉水叮咚咚，你的小电动突突突，我侧靠在你
> 的后背上，它宽阔得像一面墙。

我想睡到自然醒，再养条憨狗，围着桌脚转尾巴；你坐在榻榻米上，桌上摊开的书上有我指给你的某处出彩的段落；我们喝茶，做饭，讨论是用电饭煲还是电磁炉煨汤，你给我系好围裙，盛满满的米饭给我；我们脚对脚坐在湖边长凳上听戏，微风拂着，蝉儿叫着；然后有一天我的腹部慢慢地鼓起来，是和你长得很像的小眉眼。

我们在露台上种植物，细心地浇水，剪掉多余的叶子；我们挽着手穿梭在古老的里弄，给对方的嘴巴塞糕点，亲吻嘴角的残渣；我们做爱就如时光静止，两枚皮影贴在一起；在歌声里我像七八岁的孩子试衣服给你看，大裙摆，紧腰裤，你会称赞我性感，会有想把我抵在窗台的冲动，你说星空是最美的灯火。

你会说什么呢，爱你，或想你，还是要你！太多肉麻的词儿从你嘴里一个个掉落到地板上，嘎嘣嘎嘣就像清脆的弹珠。我想起一部电视剧，男主角为女主角串了白珍珠说是把雨水送给她，然后，煽情些，落雨吧，噼噼啪啪地砸在窗沿上吧。你忽然转身，你说，就这样待在我身后，搂住我，好不好？

你会称呼我什么呢，爱人，女人，还是媳妇？你曾说要在我的头上缠上花头巾，像掳压寨夫人一样把我扛到肩膀上洞房花烛。我们不需要椒房仪式，只要轻微地把灯光调暗就好，这样你就不会看到我绯红的脸庞，燃烧如天边的晚霞。我们也会穿上婚纱礼服，在牧师的念诵里，给对方的无名指箍上戒指，因为它最靠近心脏，你说："从此，我的心就能感受到你的心跳了。"

我们的孩子要起什么名字呢？在第一次的交融里，你会是怎样的表情？是像扑入花蜜的黑熊，还是像蜻蜓点水般温柔地点开我的唇？我们要不要幻想下我们的新房该怎么装扮，墙面上是否要挂上你偷亲我的照片？我们要不要争抢一下谁扮演慈父或慈母？我们要不要展开地图，用铅笔标记，今年要去哪几个地方旅行？我们要不要准备一张花格子桌布，好在野炊时铺在层层的叶子上？

光斑投影在我们脱掉鞋的光脚丫上，你的水壶里装着山涧里的清泉。泉水叮咚咚，你的小电动突突突，我侧靠在你的后背上，它宽阔得像一面墙。我在墙下踢盒子，荡秋千，扎马尾辫，就像捡回了童年一样欢快。天气很热，你张开双臂，让我蹲在你的阴影里纳凉。我可以躲猫猫，而且不会迷路。

我想，你是这样的吧，有稀朗的胡楂，就像雨后冒出的长了新叶的乔木。你是新鲜的，新鲜如云，如云覆盖我，我躺在云上睡懒觉。你也是一只调皮的小狗、小兔子，故意跑得很快，我要小跑着才能追上你的步伐，可你并不会跑到太远的地方，你总是三步一回头，站在喷水池下的彩虹里，或是七星瓢虫安家的草地里，等我。

你说，我会变老，你也会变成一个没牙的老爷爷，我们就会像两把汤匙，只能舀点儿稀汤寡水。你说，生活有一天会变得俗一点儿，比如你将不再看报而惦念钞票，我将为孩子的成绩单发脾气；我们都会关心营养知识和养老保险，以及孙子的幼儿园盒饭；走不到太远的地方，只能坐在离家很近的公园里唠唠嗑。

你说，等到我老得走不动了，你会不会拖着我走？我掐着你的脸蛋，说推也要把轮椅上的你推到泰山上。你敲敲我的脑袋：为什么残废的是我？那我就把担架上的你拖到游乐场，我拄着拐杖坐旋转木马，气死你！

我们也会在某一天，在哀伤地看完电影里生离死别的情节后，失魂地并排躺在床上，讨论天各一方的绝望。我们会十指紧扣，好像这一刻即将到来一样不愿离开对方。我们承诺，如果有一个人先离开，那剩下的那个人一定不要哭，因为他会不忍回头，会耽误了好时辰，会托梦给另一个人……你说你宁愿孤独留在世界上的是你，这样只有你一个人承受寂寥，抚摸着空荡的床铺失神。你可以把所有我喜欢的洋娃娃和书都烧给我。你说你要照顾我到我生命最后一秒。你说如果有一个人先走了，那剩下的那个人就是空洞的蜡像，活着，已毫无意义。你还说什么了呢？啊，你说我是个胆小鬼，你一定不能托梦给我，我会吓得跳起来的。

我想说，我爱你，可我紧张得说不出什么话了，好像此时就是你爱我的最后一刻，我躺在你的臂弯里。你的眼眸如澄蓝的天空，可明明有什么悄悄地划过，就像无人驾驶的飞机一样悄悄地划过，是什么呢？我装作不知道，我睡着了……

时光恰恰好，在我最美好的年华，遇见最深情的你。

如果爱，现在就是最好的时机

在更迟之前勇敢向前走，现在就马上告白，因为不知道之后会发生什么事情。

很多人不是畏惧爱情，是畏惧在爱情里，我们总是那么不坦诚，明明日思夜想，见面却非要像熟识的老朋友那样嬉笑推搡，就是提不起勇气说"爱"这个字；在摇晃的地铁里，明明想紧紧攥住对方的手，却非要别过脸去，偷看窗外她的反影；明明在他关门之前，在他的嘴角贴上一吻时想告诉他，"如果你需要我就告诉我，我便不再走"，却还是故作潇洒地提起行李，没入黑暗的夜色里……

我们提着勇气，扛着尊严，念着一串早就背牢的、在赶夜路时最想拨过去的电话号码，却忍受着自己像蜡一般渐渐消融了，去爱一个人的心意。

在爱情的世界里，我们总是希望对方做那个最先告白、最先付出、最先挽留的人。谁都想不动声色，若被分手也可怀抱自尊原地退步。爱情因了这千般万般的小心思，变成了世上最难琢磨透的事……

2010 年夏天，前男友带我去参加老友的婚礼。灯光打起来的时候，新娘在一群人的瞩目下，穿着像铺开的花瓣一样的婚纱款款踏来，身后跟着五个穿粉色短裙的娇艳伴娘。伴娘们手拿着桃心形的荧光棒，舞台里的灯光都灭了，柔和的荧光就像连起了一道银河。

前男友是那个给新娘开门的人，站在门后，他一直望着观众席里的我，眼神温柔得像蜜水。当推开门，新娘提着裙摆走来，婚礼音乐放起的那一瞬间，他忽然就开始拭泪，一张纸一张纸地抽也擦不干。走回席位时，他的眼圈还有些红。

婚礼格外有创意，新娘和伴娘团在《非诚勿扰》女嘉宾上场乐 The Best Damn Thing 里走上舞台，伴随着恰到好处的灯光，劲炫如走秀现场。婚戒由一辆挂着一束桃心气球的遥控赛车递入新郎手中，两人在《非诚勿扰》牵手成功的插曲《梁山伯与朱丽叶》里拥抱接吻。大屏幕全程回顾着他们从高中到大学、从相识到相恋的一幕幕，在变换的时光里，看着两人从两个摇头晃脑的婴儿，变成一对相知相爱的情侣。

当新郎和新娘交换戒指时，前男友把我的手握在膝盖上，在光影交融里，为我套上了一截空气戒指。

我们保留着这个秘密，当新娘过来敬酒时，他又忍不住抱着新娘抽噎，还不忘捶打两拳新郎："我们这群哥们儿就把妞子交给你了，你要好好待她啊！"他们是高中发小，几个人一起逃课 K 歌玩三国杀，吊儿郎当满屁股是灰地一起耍着流氓长大。

那种感觉真的很奇妙，当你眼见着昨日还坐在你前排的、拿笔戳你的马尾姑娘，今日忽然就披上了婚纱，从此还要系上围裙做他人的厨娘，忽然就觉得时间好像真的溜走了。我们的身份，在亲身参与一场玩伴的婚礼后真实改变。即使再抗拒躲闪期待，我们中的大部分，终究都会从少男少女变成他人命中的丈夫或妻子。

之后我们走了很长一段时间的路，我还抚摸着指节上那个空荡荡的部位，好像真的箍了一枚戒指……

如果按照电影剧情来发展，我们应该会结婚，生子。我那时自是爱他很深，我曾和他说过，如果有一天我出书了，必将会在书里写到他，他笑笑，那可不要把我写成浑蛋哦！2013 年，我捧着印刷好的《永远热泪盈眶》翻看，当读到《北京爱情故事》里，他在海南单膝着地向我求婚，而我在分手后，蹲在公园里的草地上纵情大哭时，忽然就有些莫名的哑然。

总是这样以为，我们经历了最美最隐秘的爱情细节，我们有过惊天动地的浪漫和生死相伴的托付，必然会从此执手天涯，静坐待老。

总是会以为，如果在一开始，我们就在无数段既定的缘分里相见，相识，披着同一件衣服在雨水里裸足奔跑，在无意识里走进同一家咖啡店、餐馆，在社交论坛里看过同一篇帖子，上传过同一张照片，喜欢同一个乐队的同一首歌，我们甚至连笑着、吃饭时跷起二郎腿的姿势都一模一样。我们就像一棵树上的两根枝丫，必然会就此节节生长，遥相眺望。

也会以为，他的唇不光能吻我，不光能说出动人的爱情誓言，也能说出充满乐趣的人文地理，我们会有说不完的话题……我不光欣赏他在床上俯冲的纵情，也欣赏他工作时的专情，我这般的欣赏他，必将会敞开一颗心，裸露出所有细节善待他。

可不知道因为什么，我们就分开了……能说出理由的分别，还是值得安慰的。有些分别，甚至都不是以"爱"或"不爱"结尾。当你试探性地问对方"你还爱我吗"时，却听到在幽暗的夜里，梧桐树摆起，风穿过走廊，带来他不确信的尾音："我也不知道。"一瞬间，所有的勇敢、坚持以及确信都崩溃落地。

电视剧《请回答1997》里，男主角在女主角尚未长大时，偷偷爱上了她。女主角却因不懂爱情，选错他人。当她恍然大悟，明白幼时的青梅竹马其实才是命中的另一半时，两人却因怄气发誓此生不见。

五年后，两人偶遇于一间蛋糕店。两个人坐进车里，雨刷在车玻璃上来回扫着，过往的记忆一幕幕重现在男孩脑中。"你还爱我吗？"女孩盯着男孩的眼睛，余光还瞥着自己高考前夕送给男孩的、被男孩当作车钥匙链的礼物。男孩怔了很久，却没有答话。

爱情不是一截空了的木桩，你在外面逛荡一圈后，对方依旧会咬着儿时的棒棒糖，嬉笑着把你拉坐在身旁。有些位置空了，就真的永远空了。

我们都在以不同的加速度成长，只是在社会里，我们最终都长成为了维持自尊而不再主动坦白心事的面具人。人长大后，很多感受都要忍着不说，受伤了，却紧咬嘴唇说没事儿。喜欢一个人，也不再敢大声告白。告白后，又怕对方不能接受。单恋就像树荫里投下的光线，罩住一个人笔挺站着的身影，擎着一颗不知该进该退的心。

爱情里最可悲的，是我们会彼此爱上对方，却在不同时间。我们彼此期待着不同的东西，彼此看着不同的地方，彼此揣着不同的梦想。

男女之间发生的事情，只有持续的爱情和战争。斗气、哄逗、吵架、和解、伤害、拥抱，与躁郁症患者一样。

分手之后，我遇见了另一个男孩。在相恋之初，我问过他："若有一天我们分开，你可会挽留我？"他想了想："我已经做过一次这么狼狈的事情了，结果却是不遂人愿处境难堪，所以我再也不会做了。"他反问我："你会挽留我吗？"我说："我不会。因为突然终止的感情，躲在记忆里最值得回味。我信奉爱情就像壁虎断尾，长痛不如短痛。"这之后没多久，我们选择了向左走，向右走。

在起初相识的日子，我们就像《向左走，向右走》的男女主人公，刚来北京时住在紧挨着的小区，相隔一条马路，之后搬家也住在相隔一条马路的小区里，我们的前任也住在同一片小区里。在汶川地震时，我们在同一天一个从青岛，一个从北京去到汶川灾区。而最神奇的是，他在去某城游玩时，竟阴差阳错住进我住过的旅馆。种种巧合似乎都在冥冥中注定，我们会是彼此契合的一半。

你在想要制造爱情时，会制造出很多巧遇，去说服自己，你们是多么独特的关系。但当生活的隔阂一天天初露端倪，所有因荷尔蒙而产生的幻觉上的脑补都消失殆尽，爱情就会变成燃尽的香炉，正如信仰的法则在离开寺庙时也会渐失光环。你才渐渐提醒自己，你们的种种巧合，不过是一次次普通的邂逅而已，若没有幻觉加持，不过就是千百万人，在千百万个时间点上的一次偶然相遇。

当我们需要爱情的时候，我们肯定巧合，也肯定巧合中所遇到的那个人。有时候想想，爱情也并不公平，我们在上一段感情中受到了某种伤害，却把这种惩罚延期到了下一个对自己好的人身上。我们因为上一次的挽留失败，或者被中伤背叛抛弃，就对下一个或已出现的人保留心计、忽冷忽热、缜密防备。我们为了上一个爱人，留下了很大的空隙，等待她（他）后悔归来，却并未注意，是否正在失去身边这个，已感觉到离我们越来越远的她（他）。

没有比现在更确切的明天，因为明天也许永远都不会到来。其实人生没有多长，我们没有太多时间讨论不在眼前的、可能都不会有的下一次机会。因为懒惰和懦弱而放弃现在的话，下一次机会也不会有任何希望。

如果爱，现在就是最好的时机。在更迟之前勇敢向前走，现在就马上告白，因为不知道之后会发生什么事情，下一次机会有可能永远都不会到来。

我们讨论爱情，剖析爱情，看关于爱情的种种教程，研习爱情。可当爱情真正到来，我们总是琢磨不透它，因为关于爱情——我们最先琢磨不透自己。

爱情并不是你圈养的宠物

> 我还是想护住爱情，让我重回到少年时的单纯
> 执拗，再相信一回"命中注定"。

年龄越大，也越不知该怎么去爱一个人。离得太近，怕被嫌弃；离得太远，怕被忘记。脑子里搜刮了一堆甜言蜜语，又怕说出来彼此腻味。太主动怕不被在意，太冷漠怕被误解。如果在我们的心里，能伸出两只手，紧紧地拉在一起该有多好，这样我就不必用语言行为来表示我对你的喜欢。

我有时候会发愁谈感情，在感情里我是个智商比较低的人，就像有只猫，一直低着头看鱼缸里游动的小金鱼，嘴巴是馋的，可爪子扒着缸沿，怎么都够不着。

因为不知怎么对待感情，所以有时候会故意犯傻，爱情书不看，爱情电影立即关闭，听到情侣们你侬我侬的告白，也故意加紧步子，

算是一种语言和心灵上的自欺欺人。

把自己关久了，未免也会想念爱情，和一个人十指相握，他的指尖温度传到你的指腹，这种诱惑无法抗拒。没有人能拒绝爱情的诱惑，就像端出一块缀着草莓的奶油蛋糕，摆在你面前，阳光稀稀拉拉地洒在白色的骨碟上……就算不爱吃，光看几眼，也心满意足。

我很喜欢那些脸蛋很干净的情侣。男孩把女孩的手包在夹克衫的衣兜里，女孩娇嗔而略带埋怨地说：走慢点儿啊。可心里甜滋滋地跟随着他的脚步。女孩举着雪糕，先让男孩咬一口，男孩虽故作冷酷，可嘴巴还是挨着雪糕，"吧嗒"一下啃掉了一丁点。两个人就像两只在松树上蹦跳的小松鼠，把爱情磨成一颗颗小松果，存在树洞里，等到来年冬天，天地间一片雪茫茫，路人都变成了小点，你我并肩挨着，独看这苍茫而寂寥的人间。

爱情是很美好的，美好得如仙女棒，它把你所有不好的、丑陋的心情都施了魔法。你的步子会越走越轻松，独自走在夜间的小径，也会想放声歌唱；你想好好地爱自己，为自己煮菠菜鸡蛋汤，把颗颗红色的小西红柿吃到胃里，美容肌肤；你会想给自己买花衣裳，把青春时不敢穿或忘记穿的衣服，都拿出来试穿一番，你想把自己的年龄再倒着生长一遍，再倒着热爱一遍。你甚至会觉得，连地铁里汹涌的人流都变得可爱，每个人都在为了梦想，蓬勃地蜕变着。连路边的那些你常常忽视的矮黄的、缀着霜的小野草，你都觉得它们唰唰抖动的叶子，似乎在和春天对着话，点缀了一缕春的生机。

喜欢爱情，但爱情却并不是你圈养的宠物，你对它 100 分的好，它就还你 100 分，爱情有时候很没有道理。爱人在爱情里有主导作用。少年时的感情，因为每天朝夕相对，两人欲望也浅，共同且唯一愿望就是好好学习，考入同一所大学。每天面对蓝色的抽屉，黑色的黑板，两个人并坐在操场上，手指尖只是轻轻地勾在一起，注视篮筐就像眺望夕阳，已觉得知足。那时的感情就像还未熟透的苹果，什么养料都能让它蓬勃生花。

想起高中和初恋在一起，他会在放学后，在大铁门的拐角处，拨着头发等我。亲吻他要踮起脚尖，但并不觉得辛苦。抽屉里有他塞下的包子加酸奶，已能开心地脸红一上午。那时还留着很长的黑直发，碎碎地披在肩胛上。如有约会，必是要提前一天就刷好球鞋的，怕鞋帮刷不干净，还会蘸上牙膏，细细地抹着。

等你到了成年社会，被告白和恋爱的次数增加后，爱情就像市场上十元钱任你捡的苹果——被催熟的、蔫的、被虫子咬的，都一股脑儿地冒出来。因为成年后欲壑难填，每座城市都想待待，每个喜欢的类型都想接触下，每种愿望都想一一尝试，就像一条路，忽然分出了无数条小径，竟不知该选择谁，来和自己并排走到尽头。

对爱生怯，也让我们不知该怎么对待一个人，正如文章开头所说的：离得太近，怕被嫌弃；离得太远，怕被忘记。脑子里搜刮了一堆甜言蜜语，又怕说出来彼此腻味。太主动怕不被在意，太冷漠怕被误解。我们很多时候会犹豫进退，是因为自己和对方都不愿过多说明自己想要什么。

大人的社会，貌似有一种通用法则，缄默的人总是有神秘魅力，使爱情变成猜哑谜。真的很爱一个人，也会生出自卑感，生怕自己有诸多缺点，配不上那个想到他就觉得光芒四射的恋人。在爱的自卑和猜测里，我们才渐渐懂得，其实哪里有那么多的技巧可言，爱情不过是各人各使一把力，你鼓励我，我安慰你，我们互通心意，都想恳切地深谈一句："我爱你！"

可我还是想护住爱情，需要这么一个人，让我重回到少年时的单纯执拗，再相信一回"命中注定"。我想每个人都是如此，我们心里，都住着一个很简单的、给几颗糖就能哄笑的小孩子，只是我们要脱掉西装，放下公文包，卸下领带，把脸上故作狡猾和冷酷的表情一一敲碎。我们要把我们心里的小孩子放出来，让她顺从天性，找到另一个小孩子，他们一起玩耍，一起在这个世界里摔跤，偶尔也怄气背影相对，但紧紧牵着的手，从来没有放开过……

罗素说："最好的爱情是彼此给予恩惠。"喏。我想，遇见你了，我的每个夜晚都是带着笑入眠的，黑夜亦是第二天征程的起点。这就是生命给我的最好馈赠吧。我不怕时光缓慢，亦不怕时光过急，我只想和你——相逢不晚也不早，一起优雅地，慢慢地，老去……

我想喜欢你，如此而已。

若不能白头到老，就让记忆永远美好

> 我们都是需要爱情的，再无坚不摧的人，爱也
> 能让他融化。

前阵子遇见了前男友，我们陷在沙发里，彼此一杯接一杯地碰酒。有很长时间，我们都不知该说些什么，空气如冰一般凝固。后来不知谁先开了腔，紧张却佯装轻松地转动着手里的杯子："你还好吧？"

我故意低下头，装作整理衣角："挺好。你呢？"我的眼眸对上他的眼眸，那是曾经让我陷进去的星空。他怔了一下，掏出烟盒，抖了抖，甩出一支烟夹在嘴里："蛮好。"空气又冻住了。后来不知说到了什么，聊到我们一起养过的狗，他给我弹过的吉他曲。

他的朋友们听闻我回家了，打来电话要给我接风，一一赴约后都坐在我俩对面，起哄叫他再给我弹支曲子："就弹你为翩翩作的那

支曲子！"

他笑笑，尴尬地摆手，好像在逃避着什么似的退向墙角："我已经好久没弹过琴了。""那就把这瓶酒都干了，要么就叫翩翩替你干了。"他的朋友起开一瓶酒，酒沫"砰"的一声往外钻。

他护着我，从包里掏出 iPad，iPad 里有一个模拟吉他的软件，他歪过头，嘴上露出一弯微笑，问我："还记得第一句是什么吗？我只记得旋律，忘记歌词了。"我点点头，说："你弹吧，我陪你一起唱。"

三年前我准备告别，在家收拾行李，当把最后一件衣服塞进行李箱里时，他打来电话："你能不能不要走？"

我反问他："为什么？"他的声音小得听不清了，接着传来拨弦的声音，他说："我为你作了一首曲子，歌词里写着从我们相识到分手的点点滴滴。"

当最后离别的日子
我生着气说不想见你
我不在你身边的日子里
谁来照顾你

愿幸福安康陪伴你

……

唱到最后那句"幸福安康"的时候，我的鼻子酸酸的，我紧咬着嘴唇，把头别向墙角，他的脸瞬间变得颓唐。

朋友们哄闹过后离开了，他端着酒杯，大口地灌着，他手里的烟还没烧完，像那支没弹完的低回的曲子。"你刚走的第一个月，我天天喝酒，一个月喝进去三千多块。"我不说话。

他又像在做自己的听众似的自言自语。"走你走过的路，吃你爱吃的食物，脑子里都是你。我想你想得都要疯掉了。"他满怀失落地收起 iPad，时间漫不经心却又残忍地在他眼角刻上了血丝。"吉他都送人了，嗬，也没人听我弹吉他了。"

我问他："那在我最爱你的日子，为什么你不选择留下我呢？"他许是没想到我会对他发问，僵住了。

"在我愿为你一夜不睡觉地刷球鞋，做饭洗衣，在我愿为你披婚纱，甚至为你生一窝孩子的时候，为什么不留下我呢？

"在我在鼓浪屿灌了许愿沙送给你的时候，在我在钟鼓楼顶上给你听北京的风的时候，甚至当我从武汉回来，问你是不是需要我留在你身边的时候，为什么不留下我呢？

"为什么狠心推走我？为什么在我需要安定，在我需要一个家的时候，告诉我你需要自由；在我选择了继续漂泊后，又告诉我，你现在想念我？

"我情愿你在我笑着靠在你胸口的时候说爱我，想要我，也不希望你现在哭着喝酒怀念我，说惭愧抱歉。"

他哑言：我们总是错过彼此，在我害怕被束缚时，你渴望安定；在我需要安定时，你又喜欢上自由了。

临走的时候，我送他上出租车，他像往常那样手背抵在车门顶上，担心我撞头。人有时真的很有意思，就算一个人离开了你，他的某些习惯也会变成你的一部分习惯，你会爱上他爱吃的食物，喜欢上他喜欢的音乐，甚至在走过相挽着走过的街道时，也会蓦地被回忆击中心怀。

他有次喝得烂醉摔倒在雪地里，右腿打了半个月的石膏，我扶他深一脚浅一脚地走回家里。合上车门前，我们默默无言地对望着，我说起这件糗事，和他说："如果你下次再遇见了一个你爱的也爱你的女孩，一定不要让她恐慌地离开你，一定不要说什么你现在渴望自由的鬼话。要知道，没有人喜欢孤单单地独闯天涯。有些人，错过了，离开了，就再也不会回到你身边了……"

离开北京前，我遇见了个男孩，他眉目清秀，不善言辞，初见时送了我一盒机器猫造型的糖果。

我们一圈一圈地绕胡同，浅灰色的楼宇上飘过白色的云朵。他走得挺快，我也不刻意加快步子，耳机里循环播放着电台DJ的私房歌。有些僵持后，我们就再也没相见了。

那时候我很需要一个人能住在心里。寂寞和自由就像左心房和右心房，中间只隔着一张叫自欺的膜。我们会欺骗自己，我很需要自由，我害怕束缚，我需要有人在自己身边也活得很自在。可当一个人回到空荡荡冷冰冰的家，拧亮台灯的时候；当腰痛甚至无人能给脊背贴药膏的时候；当生病需要有个人陪在身边，摸摸滚烫的额头，递上一杯热水的时候；当身边的朋友都有了妻儿责任，连见面都要提前预约的时候，就会分外失意地说："我很寂寞，我找不到存在感。"

他后来在网络上找到了我，说错过我很遗憾，即使不能做恋人也能做很好的朋友。我一一看了他发过来的消息，还去看了他的QQ空间。金黄色的银杏叶堆了个金灿灿的"LOVE"，自然不是为我。当然为了谁我也不在乎，我只是觉得，有这么一个人，曾经来到我的身边，不管时间长短，知晓他过得好，我也着实欣慰。

我们都是需要爱情的，再无坚不摧的人，爱也能让他融化，像装了胡萝卜鼻子的雪人，在太阳光的注视里，温柔地融化，变成哗啦啦跳跃的溪水。只是我们太喜欢用"我需要自由、我们不合适、我现在还有更重要的事情要干、我很害怕爱情……"这些貌似强悍的谎言来欺骗自己了。

当你尽享了几年的自由后，却发现，所有的自由最终都要落在沉甸甸的责任上，唯此才能让你心安；当你发现，你干完所有你认为重要的事情后，却没人和你分享这疲惫和光荣；当你重回旧地，才发现自己口中那个不合适的人，其实是最有耐心陪伴你的最佳伴侣；当你在经历过越来越多的无果暧昧后，发现年岁越大计较衡量得越多，越会对爱无能。

你会不会怀念呢？会不会后悔？曾经错过了一个他（她），陪你体验最真的爱情，哪怕这爱情前途未明无屋可蔽毫不对等；曾经有一个他（她），是真的相信爱能排除万难，所以哪怕你拒绝他拖黑他都一再祈求你挽回他；曾经有一个他（她），是真的认定非你不可，会在离开你后茶饭不思夜不能寐的，拿你当心里萦绕的歌声，在梦里一次次重放……你会不会后悔，你也许错过了一个这辈子最适合你、最爱你、最让你想念，如果时光倒回，你最想抓住的人呢？

我很好，只是你不懂；当你懂得那一刻，我已经不在了……

除了爱情，我们还能聊点儿什么？

> 我还是相信，寻一个优秀的爱人，不如做优秀
> 的自己。

这是个无爱不欢的时代。太多人的爱，就像一杯水，从这个杯子倒进那个杯子里……需要的，只是一个盛下寂寞的容器而已。

好久未见的朋友失恋了，他的QQ签名变成了心情报表，但多是痛苦消沉的情绪。

我看得痛心，却不能斩钉截铁地给他两棒喝，爱情之殇，饮水自知。有次我们在QQ上遇见，话题依旧围绕着他的前任：他们同床而眠，一起撩开窗帘让阳光透进；女孩在他生日那天用心准备了礼物，他们牵着手走在橘色路灯下，在街道拐角处深情长吻。

我停了声，等着他说完冗长的话后，问了他一句："除了爱情，

我们还能聊点儿什么？"他愕然。我又问他："除了恋爱，你还做过什么呢？"

我有时是个很绝情的人，对待自己的爱情也是如此，若和某人不合适，分手就像切断缠脚水草。一个人要有不断切掉旧情的狠绝，要么旧情就会扩散成隐疾，让余生疼痛难忍。

他不说话。我在关掉 QQ 之前不经心地说了句："你已不再像以前我认识的那个你了。"

那时我们初识，他看上去神采飞扬。我们一起玩密室逃脱游戏，他很聪明，总能迅速找到开房间门的钥匙。我们聊电影聊音乐聊旅行中的点滴，视彼此为知己。

后来有天，他坠入爱河，爱上了一个比自己小 4 岁的女孩，女孩不够爱他，在他身上也不过是在寻找前男友的影子，他明知却不愿清醒过来。"不够爱"比"不爱"更让人心力交瘁，就像踩在了松动的冰面上，不知该不该跳走，最后愣在原处等冰块沉没……

有天他给我打来电话，当时他身在女孩母亲家开的商店里，他语气凶悍，像在示威似的演着戏："你赶紧到云南来，我跟你说，我要娶你！"

我沉默了一会儿，他设置了公放，这通电话是打给女孩和女孩的母亲听的。他想证明自己并非没人可爱，若撒手亦有人接续。我也演得颇为自然，人生如戏，我们自导自演，不过是想寻一个骄傲结局。我装作自己是夺情配角，我说："那你等我吧，记得给我配一把钥匙。"

我后来回电话，问他这算怎么一回事，他放声大哭，一米八几的大男孩，哭得如离散的海鸥般凄迷。我们在爱情里使尽浑身解数，甚至渐失自我，也无非是为了赢得爱人的关心和注意。他说："我实在是爱她，爱得恨不得把心都送给她了，可她还是对我若即若离，只要那个男孩一呼唤，她就会背叛我回到他身边，可我什么都能包容她，我只是想让她更在意我一些……"

挂掉电话后，我思考着一个问题：爱情是什么？

我问相恋了十年的 70 后朋友，朋友答曰："若一个人瘫痪了你依旧愿贴身伺候，这就是爱情。"

爸爸和我逛超市，在超市里什么都舍不得给自己买，唯独记得妈妈爱吃瓜子，他抱着几大袋瓜子站在收银柜台前，笑着和我说："你妈爱吃。"爸爸记得妈妈的饮食喜好、睡眠习惯，哪怕妈妈有次像置气的小孩，喝了白酒，蹲在卫生间噤噤呕吐，仍拍着她后背，擎着纸擦拭妈妈的嘴角。不发怒不抱怨不指责，这是爸爸理解的爱情。

朋友今年结婚，她每天下班后，都会急匆匆冲回家，把男孩的脏衣服洗净烫平，还会端上水果沙拉，换着花样地做菜给男孩吃，极为辛苦。我不解，觉得她在爱情里付出实在过多。她在阳台欠着脚尖晒衣，捶打着酸软后背，回头解释："爱一个人就会把他当儿子去哄宠，哪里有妈妈会计较为孩子做得多呢？"她把两人拍的照片在床上摊开给我看，从十七八岁穿着校服的大头贴，到婚纱照。相片里她紧贴男孩胸口，仰望的目光柔情似水。女人若爱一个男人，就会把他像整个宇宙一般顶礼膜拜，这是她理解的爱情。

另一朋友和我说："爱情是解构主义的最佳落脚点，是反理性反建构的，因而是最本真最美好的，就像电影《危情三日》里，丈夫无条件地相信妻子。"

我不信，反问他："我觉得，爱情就是我不怀疑你，哪怕你拿一柄无柄刀子，戳在我胸口上，我也不相信你会害我……可惜我们都没有这样的爱情，因为我们连自己都不相信。你当真会无条件地相信一个人吗？哪怕她背叛、伤害、离开你，亦相信？"他答："我不会。"
我说："那就不叫无条件了。"

他说："我相信她不会背叛伤害我，如果事实不是这样，那何必骗
自己？即使世界上所有人都说她在骗我，我也相信事实是她没骗我。"
我欣赏他对爱的专注天真，这种专注的爱情，我很难再看到了。

我说："你爱一个人的时候，她也变成了你的性命……"他叹气，
他分手半年，尚未走出前女友的阴影："不是变成我的性命，我还是
会给自己留空间的，但我真的是全心全意的，我看得到她身上的所
有缺点，但还是会一往情深。"

几年前，我曾经采访过一个为爱千里寻夫的女人。我见到她的
时候，她已经半鬓白发，丈夫已经长眠地底，她浅笑着和我说起了
她的故事。

对越自卫反击战的时候，她的丈夫被抽派去打仗，那时她正值
临产，丈夫站在产房前，握着她汗涔涔的双手说："等我 3 年，我就
回家。"可她等了 5 年，直到那个嗷嗷待哺的小婴儿已经长到了会拽
着大人衣角喊妈妈时，她的丈夫还是没有回来。她在经过一个晚上
的辗转难寐后，下了一个重大决定。

她在家里打了个炉子，烤了 10 公斤像锅盔似的烧饼，在阳光下烘晒得一点水分都没有后，装进了大竹篓里。她将竹篓背上，踏上了漫漫的寻夫之路。我实在不知道该怎么表达她的艰辛：几年里，她穿行过热带丛林，被尖锐的灌木丛划伤过脸颊，被枪支顶过太阳穴；为了省钱，藏身在运牲畜的卡车后，腥臊的气味差点把她熏晕过去……

一年，两年，三年，四年——四年过去，丈夫依旧未见踪迹。有人嘲讽她，说她是个疯子；有人鼓励她，给她送衣服和米面；更多的人是劝她改嫁，说她尚年轻，可以找个更好的男人。可她只是回以一笑。她得到过很多次丈夫的消息，但每次都是空欢喜一场。

第五年，她在一个村郊竹楼里找到了一个下半身瘫痪、奄奄一息的男人，男人躺在一块肮脏的棉絮上，周围飞满了蚊蝇。这个男人正是她苦苦寻找的丈夫，她激动地呼喊着扑了上去。实在难以想象，这个孱弱的女人，是如何将高大的、瘫痪的丈夫拖回到远在千里之外的祖国的。

我问她，是什么支撑了你？她想了想说："每当我失去了信念时，我就会回头看看背篓里的烧饼，想着把这筐烧饼吃完了，就再也不找了。可每当还剩下个底儿的时候，我就忍不住又爬起身再烙上 10 公斤。就这样，一张饼借着一张饼地找了下去。"就像时光沙漏一样，那不忍吃完的烧饼，就是她理解的爱情。

有一阵子，豆瓣总是推荐有关爱情的文章。爱的技巧，爱的解答，爱的故事。在经历过愁苦、狂喜、挫败后，我们貌似都变成了爱情导师。

这是个无爱不欢的年代，爱情就像一杯水，要从一个杯子倒到另一个杯子里，心才不会空。

我们需要爱情，因为爱情的魔力无人能抗拒，它让人变得青春、无私和激动。在现实重压下，太多人把爱情当作了调味品，若缺失就像缺水的鱼，萎靡空虚寂寞。

可我们真的爱吗？

和前男友分手后，我在北京过了段混乱时光，那时对我表白的男孩挺多，各个激情洋溢。有次有个男孩坐了几千公里的火车，来北京看我。在风沙里他背着我在北京的天桥下狂奔，像只兴奋的小鸵鸟躲避着疾驰的车流。白天就给我准备心形便当，把我们亲吻、牵手、吃饭的每一个瞬间都悉数拍下，甚至为我雕刻了刻有我名字的南瓜灯。他英俊、有才华、浪漫，适于女孩对一个男人所有的幻想。我曾经觉得很激动。

后来我们分开了，我以为自己会很伤心，可我没有。一个人午夜梦回，我就会静静地想，我真的爱过他吗？若真的深爱，为什么我不会难受很久？为什么他并不是不可替代的？若有天有个各方面条件都不错的男孩再对我表白，我若欣赏亦会接受。

爱情应该是这样子的吗？缺了就找，倦了就换，若真爱等于不离不弃，在现代人的口中，我们的爱情究竟有多重分量？

我家楼上当时住了几个朋友，大都身边有一个恋人，网上还挂着几个暧昧的。有天有个男孩跑到我家，他说："你看，我喜欢你。"我问他："那你女朋友呢？"他说："我们很快就会分手了，我和她在一起并不是很合适。"

我们有多少理由可以去轻易否定手握的爱情呢？为了尝鲜，又有多少人做过悖逆道德的事情！而当我们真的痛哭流涕地怀念前任时，我们真的会难受多久呢？当有新人出现，谁又不是立马像跳上炉膛的猫，为了烤暖自己，丝毫不念旧情？

在爱情里，我们耍尽手段，不过是为了填补寂寞。"我爱你"三字不过是骗取性欲的一场把戏。"大难临头各自飞，爱到情深便怀疑。"我们从不相信这份爱会永恒，这年头什么都可以撤销，爱情亦如此，别人能给你的，总有一天别人会收回。为了提防一无所有，我们都暗藏几手。

当爱情脱下伪善面具，我们在爱情里标榜的"苦胆忠心"就变得特别滑稽。

除了爱情，我们还能聊点儿什么？

我还是相信，寻一个优秀的爱人，不如做优秀的自己。在我不再恋爱的日子，我做了很多事情。我看书，写书，我不会为某人患得患失，我那时为自己做的所有事情，都成了之后我人生向上的台阶。它让我心安，走得更远。

直到有一天，你们不再沉溺于写寻友启事，标榜自己的性能力，不再满世界承诺和铺洒自己空虚寂寞的信息，把照片当广告单发放……我们不再为了填补身边空缺，而去随意抓住一个人，并紧迫相随，奉之以爱之名。如冰心答铁凝：你不要找，你要等……我们先义无反顾地踏上寻找自我的征途，待生命轻盈、灵魂洁净、梦想饱满后，我们的爱情才会翩然而至，固如金汤。

那一刻，当我再说"我爱你"，必将是真心的——并带上"永恒"二字。

Part 6

在欲望滚滚的世界里安稳地活

幸福就是有一个安顿好的归宿

> 幸福的维系不是权钱的博弈，而是在这茫茫漠漠的世界里有一个安顿好的归宿。

苍山脚下，洱海吹来的晚风猎猎。他只是个流浪汉，全世界无数个流浪汉之一，没有人去追溯过他们流浪的原因，因为每一个故事的源头都足以催人泪下；每一个浪子的存在都建立在某些人的幸福之上。

那是五年前，我因为公职出差到大理，同去的强哥忽然被什么绊了一跤，我才注意到那个流浪汉。

那时候，强哥还没有成为一个浪子，骑着摩托车翻越一座座雪山和峡谷，之后在拉萨正式当一名带发修行的比丘，师从佛法，围炉煮酒、雕刻弹琴。他一定没想到，他之后几年会在大理人民路摆摊卖苍山的草莓枇杷，在印度瓦拉纳希的恒河游泳，在三亚划水划到虚脱，被浪打翻，龙板也折断，差点儿死在海底……而我的流浪之路才刚开始。

我们那时候都是上班族，每天天未亮就睁开双眼，夜明星稀时混在地铁里一堆面无表情的僵硬人群里回家。我们都很向往做个流浪汉，一醉到天明，睡在稻田里，被晨雾唤醒。像一只昆虫般地生活，是一件多么幸福的事儿，随枝而栖，为花开花落而惊喜。

我们回头，看见一个背靠古城墙席地而坐的流浪汉，邋遢、污秽，和城墙混淆到一起，灰蓬蓬的乱发，一笑时撅起的皱纹，褴褛的大衣，使我不禁想，他如果修修边幅，定是个英俊的男人。

有人带着玩味的表情从他面前走过，有人酣醉在这孤独的街头，有人挽着酒吧相识的情人，也有人如强哥，跑去附近的小商店，买了三大罐啤酒，起开瓶盖，酒沫泛出，往我和流浪汉一人手中塞了一罐："来，兄弟干一杯，为了今夜我们的相识！"然后一饮而尽。

我们就地而坐，也压根不管地面是否冰凉，这时才发现不远处有一个巨大的动物横躺在地面上，被声音惊醒，噌的一下弹跳起，被流浪汉温柔地搂住脖子揽进怀里，又放下戒备睡着了。

定睛一看，竟然是一头体形健硕的骡子，长约一米半，长着红色的鬃毛。我们用手机照亮，发现在黑漆漆的夜色里还有四双亮晶晶的眼睛，竟然是四只毛色不一的小狗，被一根绳子拴在骡子身后。

一人，一骡，四狗，就在这冰凉的城墙根底下安家。夜晚他们就相互搂着睡去，昏暗的灯光下几团身子紧紧依偎，恬然的画面让人不忍打搅。

我们又买了面包，放到他的膝盖上。啤酒配面包，正是好春光。他掰碎，喂给身边的几只小狗。几个小东西见到我靠近他，就冲上来咆哮着保护他。他轻轻地抚摸它们，狗儿就安静下来。狗绳另一头的骡子半跪着靠在他肩头上，鬃毛摩挲着他的手背，舌头舔着他的手心。他不知道从哪里捡到一个红色的丝绸扎的花，如打扮新娘一样给骡子扎上花，细心地打了个蝴蝶结。

我曾经给他们拍过一张照片：青石板路上，一个流浪汉和一头骡子、四只狗并肩前行，在空荡的大理古城，狗儿充满爱恋地侧望着他，而他和骡子宛如两个大家长，坚定地往前走着，一家六口，不畏不惧。

我和强哥有次好奇地跟随他。六七点的大理，天还未亮，只有清洁工在清扫大地。我们看见他换了个地方住，和骡子、狗借住在公园的长椅上。等我们到时，他已经准备起身了，理好了被褥。

我们一路跟行，看见他去菜市场捡菜叶子喂骡子，狗儿乖巧地追随在后。据当地人说，这样的日子他重复了多年，有人给他剩饭吃，他就把里面的骨头和肉渣捡出来，喂给小狗。他还会去一旁的草地给骡子换马掌，爱怜地摩挲着骡子的脚背，看有没有扎刺。

有时候他就躺在大理古城口的草地上，有行人给他和他的骡子、狗儿拍照，他就像妈妈护崽一样把它们圈在怀里。几只狗、一头骡子、一个流浪汉组成的一家人也不怕生，对望彼此，眼波温柔。

他还有很多传说，据说他有好几个身世版本，但即使是据说就有偏差，我和强哥都对这些前尘旧事不热衷。

有人说他聪明绝顶，有次三两人坐在城墙根下讨论某个高等的经济学原理，他竟开腔说了串意味深长的经济学理论，众人愕然，纷纷猜测他的来历……

我们渐渐熟悉后，他就唱歌给我们听，流浪汉唱歌很好听，是少数民族的吟唱，不知道唱的具体是什么，但是声音远远地贴着城墙传来，飘浮不定又热烈奔放。有大学生走过他身旁，停下步子听他唱歌，唱完就给些零钱，他既不数钱也不扯亮喉咙，声音还是低低的。他是个谜，蒸腾在大理的夜色里……

很久以前我曾说过，心安处即是吾乡，其实我们每个人自出生就在流浪，真正的流浪是心的流浪而不是肉体的漂泊。有人有幸找到同伴，陪自己走一遭，实属幸福，有人孑然一身，花自飘零水自流，也非不幸。

幸福是一种状态，而不是拿秤称出来的斤两。有人抱怨他不幸福、孤独，是因为他把幸福衡量成了车子、房子、钞票、家丁旺盛的累加。幸福无关贫富，无关物种。幸福的维系也不是权钱的博弈，而是在这茫茫漠漠的世界里有一个安顿好的归宿。

在楚布寺遇到的瑜伽士，是我最向往的人生，安置好妻儿老小，只身一人流浪在雪山各处，夜宿天葬台，日度有缘人，在最高寒的山洞里高唱道歌取暖，在流向世界最深远的河流里沐浴色身，最后在死亡的温暖中隐去……

提到归宿，便想起了她，新疆的一位已故女作家，眠睡在她深爱的草地里。我们从未见过面，但在我初当记者时，便一次次见到她的文字。

　　十多年来，她或是孑然一身，或是跟随专家学者，终日奔波在山川野岭，睡过牧民的帐篷，也睡过沙漠、雪原和墓地。她的足迹从罗布泊，到额尔齐斯河、伏尔加河、里海、黑海等地。她深爱野生动物，为了能让这些自然生灵活得更有尊严，写过很多有分量的报道。

　　在她的博文里写道，仅仅是普氏野马，从早期的接触到后来连续性的专题报道，她就不弃不舍地跟踪了四年。"不必说 2001 年大雪纷飞的夜晚，独自一人乘夜班车前往四百多公里外的旷野，星光下，哆哆嗦嗦地敲门而入，冻僵了手脚；也不必说 2002 年隆冬时节寻找野马，几人四天三夜露宿于茫茫雪野，嘴唇鼓满血包；更不必说 2003 年盛夏，骄阳的炙烤下，一棵树也不生的戈壁荒滩上，每日徒步近 20 公里，跟踪野马的行踪。"

　　她说最让她感动的是：2002 年，她偶知新疆名鸟百灵遭捕猎猕，多次进入华凌市场打探内幕，并以诚恳和勇气说服一位鸟贩子，同去伊犁荒郊野外暗访捕鸟惊人内幕，并解救二百余只幼鸟，后放生。事后，那鸟贩子坦言，初见面时原本想将她这多事之人揍一顿，结果被她的执着和爱心打动，成为同盟。后来他还常打电话给她提供此类新闻线索。文章见报后，鸟市被林业部门整顿。

有人问她："你为什么要这样做，一个女性，整日奔波于荒野？"

她斩钉截铁地回答："这个地球难道不是我们在人世间的宝贵家园吗？难道它不值得我们热爱吗？难道人类的全部才智、勇气和宽容不应当倾注给它，来使它免于退化和破坏吗？我们难道不明白，只有这样，人类自身才能继续生存下去吗？在寻找归宿的路上，我们都是那样寂寞，那样渴望温暖，一次又一次走向自然，就是走向自然母亲的怀抱，以期待她的抚慰。"

在阿勒泰草原，牧民们终日逐水草而居，骆驼上捆绑着搭建的毡房，带着干馕、油茶、锅碗瓢盆，夏天住在草原上，冬天就住在温暖的凹陷进去的雪窝子里。一家老小，终日与牧羊犬、骆驼、羊群为伴。因为小羊羔身体孱弱，跟不上大部队，就让它和孩子一起坐在骆驼的背上。我曾经亲眼见过只有几岁的小孩为了不让小羊羔冻死，而把羊羔搂在怀里，用体温温暖着羊羔。

在你的生命里有件必须要做的事情：你并不一定要强大，但是要感觉到自己的强大，至少一次。在最原始的情况下，面对那些又聋又哑的石头时，没有什么可以帮你，除了你自己跟你的双手。

在自然面前，我们都是渺小的孩子，自然会以善意回馈你我。我们逃脱城市的牢笼，经过脚下的海湾、森林、山地，都会有热泪盈眶的感动。

不论你我是什么身份、年龄、国籍，我们赤手空拳地抵挡着命运，只企图寻求跨越种族、时间和血缘的永恒之爱，这爱将不被你的生命和身体所局限，像月亮传送它的光芒拥抱整个地球一样，献给每一个人。

在欲望滚滚的世界里安稳地活

> 花开一季，青蔓枝头，方能安稳落地。

在北京的时候，常喜欢混迹于火车站的候车厅里或地铁站口，看行色匆匆的男女，或跪坐于又闷又吵的候车厅地板上，就攒几张报纸垫在屁股下，泡着泡面，大口吞食；或立起衣领，像赶赴一场未知葬礼一样，肃穆地挤进那方小小的黑色洞穴里。人在公共聚集地谈天、交流情感、奔赴理想。我常拧着脖子，小心地观看着，每个人都是一幅动态的画，画里有说不出的故事。

有次临近深夜，因为去天津的票已卖完，我就索性像保安查看私有地盘一样，从一楼大厅走到三楼，又搭乘电梯下来，专门往那蜿蜒蜒蜒的深处去。黑且偏的地方，常泄露一些人最本初的情感。

我见到三四个妇女，围坐着相依取暖，时不时会掀开袄子，露出黑瘪的乳房喂奶，小孩子们吱吱地咬食着。男人在几米外的地方甩着扑克，解放裤子上沾着油漆点。他们是一群坐地铁都会束手束脚、紧张不安地立在门口的人。但现在，在这个秘密地盘里，他们都尽情地谈笑着，骂着粗口，摸着妻子浑圆的脸蛋，二锅头盖子也拧开了，塑料袋上还有一些散落的花生米。他们碰杯、把牌摔得巨响，促狭地喘着粗气，好像在参加一场公开聚会。

更多的是一些花白头发的、把大半生都交给土地的老人家，有人将头埋于膝盖里呼呼大睡；有人索性横躺在地板上，用几个塑料编织大包将自己围起来，成功地给自己立了一方"安全堡垒"；有人目光呆滞，眺望着排成长龙的售票窗口，脸上的沟壑就像被水冲湿，辨不清方向的道路……

我有次和这些只在报纸电视上、站在楼顶无声出境的民工住了一晚，在天津的大学城区附近。夜晚，脚手架上还亮着灯光，剪影似的站着把工料抬上抬下的工人，月亮把工地照得透亮，有些楼群窗口的塑料薄膜被风鼓得发出怪声。我提了西瓜，青色瓜蔓溢出甜甜的汁。多么强烈的对比，瓜贩子们鲜绿色的车和远处晾晒的花花绿绿的衣裳，还有农民工们灰黄色的手。我们把瓜在下水井盖上摔碎，就蹲坐在马路牙上，用手挖着瓜瓤吃。

工地条件并不差，工头们常会雇上自己的亲人再开一个食堂，专门挣这些人的牙祭钱。大部分人都会把钱匀一部分出来，晚上在这儿喝烧酒、啃鸭脖，再要碟猪耳朵或是灌肠。米饭是陈米做的，发黄，煮多久都是硬硬的，就装在一个巨大的三人环抱才能抱住的铁锅里，用一个小铁铲铲米饭，一块一块切下来都像军队的工整被褥。腊肠、腌肉都很咸，只要一小碟就能就完一大碗米饭。

夜晚，我和一对母子睡在临时板房的凉席上，小孩子吵闹着非要用天线锅再看一部动画片，妈妈拗不过儿子性子，就找了个90年代的水墨片，和儿子相搂着看起来。我别过头，发现脚手架的灯光还亮着。

到了清晨6点，天蒙蒙发白，男人们就肩挎着毛巾，挨个排队去洗漱了。黑闷腥的宿舍里，两米多长的高低铁床和墙壁上钉着的大小不一的杂物袋，迅速吸收了这些年轻人的青春。

就像发黄的夕阳，升起来，落下去，又升起来，又落下去。一切都沿着既定轨迹走着，不会偏离，也不会脱轨，和同时加速盖高的楼群一样。

后来坐火车到喀什，有小孩头顶着一筐猕猴桃和石榴，火车停下的当口，就迅速地跳上火车，两分钟的时间里，急喘着问有没有人要水果，被列车员赶下车后，冲车窗挤着鬼脸。

大孩子们常玩一个游戏，把石头扔到轨道上，听石子"嘣"的一声被火车压碎的爆响。

他们和我在北京瓜贩车上见到的小孩子一样，又有些不一样。那些小孩大多把小西瓜滚来滚去，学着火车"嘟嘟嘟……"的鸣笛声。大些的就咬着铅笔，弓着身子趴在瓜堆上思索着做作业。他们的父母早早就教会了他们数钱，算钱，即使是奶声奶气的婴童，也都会条件反射般地把水果放在计量秤上，不会算错账目。

北京是这么一座城市，红尘滚滚，人潮滚滚，欲望滚滚。当你从火车站、机场、地铁站口挤出，走进这座城市的时候，大有想脱口唱出《上海滩》的冲动：

万里浪涛江水永不休，淘尽了，世间事，混作滔滔一片潮流。是喜，是愁，浪里分不清欢笑悲忧。成功，失败，浪里看不出有末有。爱你恨你，问君知否……

于是就会想：等到初春，不论是多么枯黄干燥的时节，都会有一片片兰花悄然地立在长安街、国贸、四惠、中关村的红色砖墙下，花开时纯纯的不带一丝瑕疵，花落时亦洒满一地的香气。花瓣飘在那些正在搭建的高大楼宇上——整个北京，都像下了一场花瓣雨。

到时候不论是烤肉摊上汗水渗透的白胖子，或是穿着白衬衣摆出雕塑般笑容的白领，或是在泥地上追逐着蚱蜢和小伙伴脚步的瓜贩家的孩子，都会被这鲜艳的色彩吸引，然后抬头，露出欣慰的笑容……

花开一季，青蔓枝头，方能安稳落地。

那些我喜欢的人，以及那条快活的狗

> 我吃完后坐在店里或马路边，看来往的路人，
> 他们比电脑里已能预知到剧情的电影更精彩。

吃完饭，我习惯在小餐馆门口，油腻腻的桌子前坐一会儿。

已入酷夏，林立的餐馆旁都立了一排的烧烤摊，翠绿的韭菜上刷满了酱汁，骨肉相连白色的骨节已被烤得渗出了油。最过瘾的是要一瓶北冰洋汽水，黄色的汽水拿牙咬开瓶盖，"砰"的一声，瓶子里瞬间翻滚起白色的泡沫，直接把小半瓶汽水灌进喉咙里，再大口撕上几块羊肉，孜然混着汽水的劲爽，一起灌进肚子里，要好久好久香味才会从张大的嘴里跑出来。

北京下了几日的雨，雨水虽打湿了路人的鞋子，但并不影响食客们的心情。

这些餐馆虽然店面很小，装修也不高档，但因为来吃的食客都是住在附近的邻居，所以老板们都烹制得格外用心。6元的刀削面，肉臊子却大如蚕豆，堆到了碗沿上。肉是已卤过一回酱汁的，面汤也是肉汤调制的，所以刚端到鼻子尖，就能闻到甜香甜香的味道。还有鲜嫩的油菜卷着尖漂在白花花的面上。店家掬着笑容，生怕食客吃得不合心。一碗8块钱的蛋炒饭，加了黄瓜丁、胡萝卜丁、鸡蛋丁、葱花、香肠、绿豆、黄豆，炒得五颜六色，当真色香味俱佳。

我要了一大碗刀削面。我常会再加一份别的菜，有时是麻辣烫，有时是三两炒菜或麻辣香锅。我吃完后也不走，坐在店里或马路边，支头细看来往的路人，他们走路的样子、谈话的姿态，比电脑里已能预知到剧情的电影更精彩。

他就是我在饭馆里无意间注意到的一个男孩。当时他穿着一件在地摊上随处可见的无品牌运动衫，翻开的衣领上有汗渍，能看出来不是办公室里穿着讲究的上班族，头发倒是剪得很清爽，长得也还算清秀。

我的饭端上来后，他一边吞咬着西红柿鸡蛋面，一边时不时抬头盯一眼电视上演的连续剧。我问他："能不能换成新闻纪录片？"他忽然回头望望我，笑得有些腼腆："新闻有什么好看的啊，这个才好看呢。"

　　电视上是佟大为和一个狐狸样打扮的女孩演的对手戏，我问他："讲的什么？"他拔高音调："一个很穷的男孩和一个很富有的女孩恋爱的故事……"我笑笑："就是传说中的男屌丝逆袭白富美嘛。"他接话："我家最近没网，所以我每天都来这儿看这个电视剧，可好看啦！——新闻有什么好看的！"他又重复了一遍，怕我不相信似的，又补充说："网线断了我才来这儿看的。"就好像在这句话下用笔画了一道重重的线，以强调自己的态度。

　　他看店家又给我端了一份麻辣香锅，好奇地问我："你一个姑娘吃这么多？"我不好意思地说："一天没吃饭，一吃吃三顿。"他问我："你住哪里？"我说："旁边的公寓啊！"我反问他："你住哪里？"他好像藏着一样地说："旁边那套低矮的小胡同里的公寓，就那套挺暗的，不过很便宜，一个月才600元，我刚来北京，住那儿图个离公司近。"

　　我知道那套公寓，就算白天屋子里也像梅雨天一样黑暗潮湿，阳台上挂满了花花绿绿滴着水的衣裳，有时都能见到一大群人肩膀上搭个毛巾，叼着牙刷，像电视剧《贫嘴张大民》里一样排着队，解开腰带等着上公共卫生间。那套公寓因为房租便宜，位于地铁站旁，却只有 500 ～ 800 元的房租，所以住的大都是农民工和刚毕业的大学生。

我所住的公寓价格就稍贵一些，一个月 1000 ～ 1700 元，独立卫浴，来往的大都是职场白领，有扎着小辫的艺术家，浓妆艳抹的都市女郎，也有一家三口，开着辆"大众"、每天就停在院门口的做生意的小老板。

这里住的很多都是年轻人，未结婚，同居于此。有天宿管小妹和我八卦：有个 90 后的男孩和女友闹分手，一生气索性光着上半身，就穿条大短裤躺在保安室门口的地毯上，愣是挨着冻睡了一夜。女友也不管他，第二日还是门卫大爷把眼睛肿如核桃的男孩架回了卧室。还有个 80 后的男孩，因和女友怄气，索性拿头撞我家门口不远处的 7 天酒店墙壁，被招牌挡了回来，像武侠小说里写的一样飞身弹进了臭水沟里，哭得嗷嗷的。女友闻声跑下楼，两个人对天飙泪，彼此搂成一团哭得快岔过气去。女孩最终决然地陪他打包行李，离开了这繁华又荒凉的北京。我听了觉得好笑又心酸，暗自猜想：该是发生了怎样的故事，才叫男孩想以死殉情呢？

这里也不都是这样，旁边还有几家大酒楼，装修格外富丽堂皇，招牌上都是鲍鱼、燕窝、鱼翅等喷了金漆的字眼，门口站着一排穿西装、戴白手套、面目肃穆的年轻保安，各个挺拔威武，手执对讲机时不时地讲些什么，就像有人在这撒了一盘无解的黑白棋子。有时坐三轮车经过，想让师傅把我送进家门口，师傅都会在这儿掉头，说保安会驱逐他们。门口停的也大都是宝马、奔驰，下来的人大都是胖子，中年男人，挺着大肚子，腋下夹着一个公文包，笑容腻得好像发酸了的蛋糕……

我很喜欢那些麻辣烫老板，或者烧烤摊老板，还有那个和我喋喋不休聊自己爱看的电视剧的小青年，以及台球室里那些白领弓腰前蹲时，腰部扯出的被公交车拥挤人群弄皱的衬衣。

这里有一只金毛大狗，常常在巷子里跑来跑去。那狗耷拉着耳朵，但毛色发亮，一看就是过去吃过很多好食物的。巷子里的很多人都喂过它，有人咬了肉串，就把肥肉吐出来，吐在它脚边；有人吃鱼，就把鱼头专门夹出来放它嘴里；也有饭馆老板，常把饭馆里未吃完的鸡肉牛肉装盘里，拌上米饭喂它……小孩们都不怕它，摇晃着屁股，从妈妈的怀里揉着眼睛跑出来，摸摸它有时故作深沉、眯成一道缝、仰望着阳光、好像在思索着什么的眼睛。

据说这条狗曾经是酒楼的看家狗，据说它曾经被赶了出来，据说它曾经湿着尾巴在雨水里转圈圈，"呜呜"叫着时被一些餐馆老板集体收留。

　　还有很多据说，但谁会在乎那些过去的事儿呢？它现在真的是一只能无忧无虑地跑来跑去、吃吃各地小吃的快活的狗……

一个人，一只猫，生活在北京

> 我们眼睛里都有些故事，它的故事就是我现在
> 的一部分，而我的故事是它将来的一部分。

2013 年 5 月，我决定养一只猫。它不一定要很漂亮，有像绽开的华盖一样毛茸茸的尾巴，也不一定要会眯缝着眼睛，像在摇篮下沉睡的婴儿。它只是一只小小的动物而已，一只小小的，如果离开我，就无法独立生活下去的柔软的小肉团。

后来它来了，它满足了我对一只猫所有的幻想。十七八岁时，我写了第一篇小说《城市中的最后一只猫》。那时对猫都只是在意淫，像电影《猫女》，轻巧地跳上墙沿，像用脚垫弹钢琴一样，黑色毛发犹如逆风掀起的燕尾服，月亮就像咬开的半个苹果，倒挂在黑色的天际上。而一只猫在黑夜中，决然不受任何摆布地行走着，犹如赶着马车的吉卜赛人，在一座城市又一座城市碾水走过，水影倒映着月影……即使有车辆呜呜叫着驶过，也只是静静地挺头走着。城市

就像一幅美丽的木版画，锁住一些失眠的、打开窗静静眺望着月亮的脸孔。

我相信有些事情是注定有缘分的，就像爱情，你千百次经过咖啡馆门口，不一定能遇见那个含笑问早的优雅男人，倒是在狼狈地挤靠在公交站牌前，忽然抬头，发现他的伞尖悄悄歪了一点儿，帮你遮住车顶上滴答滑落的雨水……养一只猫的缘分就和爱一个男人的缘分一样，开始若是有剧情，过程必然也值得回味。

翻小闹就是如此，当我第一次在微博上寻找收养动物的信息时，它就像坠落的小天使，出现在我的视线里。照片中的它，毫不顾忌睡相地翻着白花花的小肚子，鼻尖上一颗调皮的黑点，就像卓别林和希特勒的混合体，毛柔软得你都想将手钻进屏幕里去帮它挠痒痒。

问送养人，得知此猫已被送走，心中有些失落，但还是安慰自己，是你的终将属于你。

没几天，主人竟打来电话，说原本想领养的人不养了，问我愿不愿意养它。心里有千百只麻雀欢喜地落在树枝上。打电话，确定地点，在北京涟涟大雨里，一对优雅的台湾人开车驶来，它皱巴巴的，好像一个拳头大的嫩南瓜，缩在车后座里，眼睛忽闪闪打量着我。我摸摸它的头，它也不躲避，但眼神里明明还是有一丝不安和恐惧。

它在怕什么呢？怕我会伤害它，还是怕离开原本久居的薰衣草庄园，要和我这个四处漂泊的女人，住在一间不算大的公寓里？我将它揣在怀里，抚摸着它软软的肚腩，它不会说话，但我希望能读懂它的心事。因为未来的十几年，我们都要在一起度过，就像结婚的伴侣，老了，病了，也绝不离弃。

我将它带进我的公寓里，它从猫窝里钻出来后，躲在行李箱后一直不出来，我用食物诱惑它，喊"乖乖"它都执拗不出来。公寓虽不大，但对于它渺小的身体来说，已庞大如怪物，连抽水马桶都是吼着龙卷风的山洞。

僵持了一个多小时，我们彼此注视，它一点点地探出身子，小爪子开始扒拉我的衣服。原本羞涩的样子只是掩盖"人来疯"的本来面目，喂了羊奶、吃了猫粮，小家伙竟歪靠在我的膝盖上，眯着眼睛，手指抱着我的手腕，睡着了……

那是生命的温度，一个温烫的跳动心脏，呼吸着鼻息的生命的温度。我忽然觉得有什么东西压在了肩膀上，它提醒我，必须要好好地活下去，活到很老很老，直到照顾这个小家伙到它摇摇摆摆，走不稳路，掉了牙，嚼不进食物的时候。它老了，我也必须陪它老下去，我要好好善待自己，才能照顾它，给它食物、水、拥抱和一份强大的安全感，还有一处叫"家"的寓所。

在这之前，我对"家"的概念还不很清楚。什么叫家？走到哪里不死就罢，就像扒车旅行的盲流，风擦过脸，热浪炙烤着自己，哪怕会被树枝迎面划过脸颊，淌下血来，也不觉得有什么可怕。生命？活着？这对我毫无意义。一个流浪的人，就像移动的点，重复着机械的物理运动，A点到B点，A事件到B事件，不过是量词累加。

深夜，翩小闹将爪子搭在我的手心上，它的手掌柔弱得一点儿力量都没有。我甚至会几百次地，在给它冲牛奶、泡猫粮、起罐头时想：如果这个小家伙没有了我，变成了流浪动物，它该怎么应对公寓外弱肉强食的世界啊！那些乱摁的喇叭、拥堵的车流、冰冷的雨水，还有斜睨着眼睛，好像要把你生吞活剥的流浪动物，它们被人类伤害过，而这些伤害常常被反作用于同类身上。它若没有我，应该是最好欺负的，除了会躲藏和哀鸣，没有任何抵挡措施。

想到这儿，我就把它的小手握得更紧了一点儿。黑夜里它会眯缝着眼睛，像在思索什么的谋士一样，眺望着我的瞳孔。我们眼睛里都有些故事，它的故事就是我现在的一部分，而我的故事是它将来的一部分。

它也会调皮、夺宠，趴在键盘上假寐，观察我的反应，我几次将它拨下去，它又拱起尾巴，慢腾腾地挪到键盘上，舔着我打字的手指。我将脚埋在它热乎乎的肚子下，竟也浑无知觉的，好像在旧时外婆的菜园子里，被外婆拽住了衣袖，想身体软下来，好好躺在阳光里，嗅着外婆苍老的体香，脱下凉鞋，睡一觉……

土地的香气，湿漉漉地顺着草缝钻了出来。外婆的指节犹如生长的树枝；我竟听到了雀鸟歌唱的声音，停在外婆俯腰问我"乖女女，要不要吃水萝卜"的话尾音里；沾着土的蔬果，盛满一竹筐；大个的蜻蜓贪吃地舔食着叶尖上的露水……

还有一次，翩小闹尖锐的指甲划破了我的手，血一下子涌了出来。它害怕地趴在鞋架下，机警地盯着我贴药洗血的背影。深夜去医院，打了破伤风针，夜半的医院总是有些让人觉得寒凉。一推开门，它喵呜喵呜地叫唤着，罐头已见底，水盆里的水也喝了一半，它跑向我，扒着我的裤缝，舔着我包扎的伤口，着急地要让我抱它，那样子就像在问：疼不疼，饿不饿，伤好啦我们一起坐下来，好好吃个饭吧。

我问翩小闹："嘿，我再给你写一篇文章吧！"它抬起头，装作打太极拳一样和我推来搡去，时而又像小袋鼠一样横着在床上蹦来蹦去，时而坐在窗沿上像严肃的游吟诗人一样背向我半坐着，等待一份"我打江南走过，那等在季节里的容颜如莲花的开落，东风不来，三月的柳絮不飞，你的心如小小的窗扉紧掩，恰如青桥的石板向晚，跫音不响……"的爱情，然后忽然旋过身子，抱着我的脸颊，湿凉的鼻翼贴着我的眼角，亲吻了一下我的额头。

北京，窗外依旧地铁隆隆，晚归的异乡人推开一扇扇出租屋的门，有些有人等待，有些冷清寂闷……七拐八弯的弄堂里，麻雀低头交谈着夏天，一对对擦肩而过的情侣身上的故事，有些结束在雨季，有些开始在晴天……

三月的春帷不揭
你的心如小小寂寞的城
我嗒嗒的马蹄声是美丽的错误
我不是归人
我是个过客

一个人，一只猫，生活在北京。

我们不说话，我们相依为命

> 哪怕是一只不会说话的生灵，但它的爪子和眼睛里散出的热度，也可以驱走黑夜的冷。

我去刷牙洗脸的时候，它就蹲在卫生间外的地板上，像从土里拱出的一只白色小蘑菇。

我往牙刷上抹牙膏，嘴里含着甜香的泡沫，歪着头瞅它。它抱着半开的门，半站起身子，用小爪子勾着门，想把门打开。之后它懒散地蹦到我的拖鞋上，头倚着我的脚踝，暖洋洋的，初春的冷，都因它小身体里发出的热量，给焐热了。

我们相识自不长久，每年四月，我的人生都常会有变数，就像对北京两旁绽开的柳絮过敏一样，由身体到心灵，都会有段不适的敏感期。一般走过的城市，我就不会再选择回去，我只是个游历者，在不同的城市游历，并不指望自己纤瘦的脚踝，能在城市坚硬的混凝土上压出什么痕迹，我对一切都无所求，自没指望过他人也能对我索求。

但它不一样，它小小的，软软的，这只白色的，耳朵尖粉红的小猫咪，从我见到它的第一眼，就深深地喜欢上了。它是我养的第一只猫咪，它本是一个男人的家庭成员，一个男人愿意把自己的家庭成员介绍给你，还让你扮演它的另一种家庭角色，这是诚恳而无私心的情感。人常会对第一次倾心的东西无法忘怀，第一次接吻，第一次牵手，第一次在床板上四脚相并，第一次共同豢养一只宠物。

我常和猫说话，它听不懂，但忽闪闪的眼睛似在倾听。人在陌生城市，并不惧怕孤独，却怕无人能倾听你的孤独，深夜有泪想倒，有苦想诉，却握着电话不知打给谁，这比任由被黑夜慢慢掩去还要叫人心伤。哪怕是一只不会说话的生灵，但它的爪子和眼睛里散出的热度，也可以驱走黑夜的冷。

在成都时，我养过一只白色小狗，它长得有些丑。我在动物收容站给狗狗们洗疮时，它忽然钻进了我的视线。我起初并没注意它，在这种收容站里，袒露创疾和渴求收留，甚至会双足站起作揖的动物实在过多。人们用自己的教养方式去教养动物，但当动物做了出自天性的有违人类礼仪观的举动，却会被抛弃。

　　动物有时很可怜，特别是家养的宠物，它只有十几年的寿命。男人说，你的世界可以有很多人，但是动物的世界只有你。当你转动门锁，听见它在门背面急急地刨着门板，当你打开门，它殷勤地抱住你的脚，亲吻你的脸颊和手心，那是因为它一直在等着——唯一的你。

　　我提来水桶，忽然雨水就打在桶子里，激起一圈一圈的涟漪，它竟不躲，摇着尾巴在雨水里兀自快活地奔来奔去。毛剃了一半，活像"文革"时期的阴阳头，露出粉色的肋巴条毕现的肌肉。我有些想笑，摇摇头，把狗绳摇出响尾蛇般的声音，它竟像听懂了什么似的，乖顺地跑到我身边，舔我的手心。我摸摸它瘦瘦的肌肉，它的眼神里有坚定的、就算是被抛弃过的忧伤也像被压在底部的、铅灰色的积云。但等到天亮了，阳光像金粉洒在了云和云的缝隙里，所有的沉重便一去不复返。

　　坐出租车，司机颇显嫌弃。它已很久不适应这种机器类的运输工具，面对马达里发出的轰鸣会本能地夹着尾巴发抖。

　　因为房东对狗毛过敏，深夜被迫搬家，提着大包小包的行李，站在十字路口彷徨，给朋友打去电话，临时租得公寓。我往楼上搬拾行李，像下命令似的叫它乖乖地坐在竹垫上等我。我想它是有灵性的。等再下楼，它竟真的坐在竹垫上，是被伤怕了吧，所以会对一个只有几面之缘的陌生人乖顺臣服，它只是需要一个家人，哪怕是在意识中，可能会当它家人的主人。

但我并不喜欢主人这种身份，我喜欢平等的对话，哪怕它是一只不懂说话的、只会用肢体动作去表达感情的动物。我相信每只动物都藏着自己独特的语言，来自它的眼睛、嘴巴、舌尖和上下摇动的尾巴上。

我给它起了名，叫奥特曼。此时我已养了它三四天，到了第四天左右，我和它一起被房东在深夜轰走。它很谨慎，我买了鲜鸭肝喂它，连咀嚼时都不敢大声。它和我都是小心翼翼活着的异乡人，它是一只永远不会有落脚地的流浪狗，我是一个永远找不到归途的流浪汉。我们小心翼翼地在这座城市吃喝拉撒睡，遵从着城市间的丛林互补法则。但没有房子的流浪族，哪怕是想续养一段情感，都貌似没底气。我恳求，它也低着头，转着尾巴地舔弄房东的脚背。但最终，我们还是走了……

我往楼上搬行李，嘴里还喏喏着，奥特曼，奥特曼，你要乖哦，不要乱跑。

一个动物，能带给你的最大温暖，是它永远都像有预知能力，会在你准备转弯的去处，回头望等你。你刷牙，它半坐在卫生间门口；你吃饭，它眼神脉脉含情，口水吞咽有声；你剥坚果，它也翘着爪子，拨弄着果壳；连睡觉都要蹭在你的被窝旁，贴如双面胶。人需要被感知——被需要。我们都是有需要感的人，尽管在城市已惯于掩盖自己的种种天性，但动物永远不会加害你，不会用阴谋论来暗算你，它的怒与喜都爽快直接，和你息息相关。

随后，我和它去买洗漱用品，它跟随着我前脚后脚欢快地跑着，时不时坐等会儿我。我在和商家就毛巾讨价还价，它竟被烧烤摊的气味吸引，跑到老远去了。我点着一堆毛票，自没想到它会跑很远，还以为它会待在原地等我找回它。等我急慌慌地冲到了路灯灯影下，灯影拉长了我的影子，然后被疾驰的车辆碾碎，拖到阴暗的地下水渠里。我唤它，一声接一声。它竟不在了。

我像个失心疯的病人，在深夜 12 点多的成都，一条巷子一条巷子地瞎窜，一声接一声地唤一只叫奥特曼的狗，我给它赋予了强者的名字，希望它能自己劈开脆弱的小怪兽。它竟丢了，放弃我，在陌生而脏乱的小巷子里，独自跑进了更深、更长、更黑的夜色里……

　　我回到只有一个木板床的公寓里，洗把冷水脸，然后失神地坐在床脚，脚就没有方向地晃荡起来。我想它定是读出了我的心事，动物有赤忱的洞察和敏感的警觉。我是有埋怨过它的，甚至在狼狈地搬家时，心里是有私心的，想若是没有养它，也就不会有如此多的麻烦，甚至在它丢后，虽内疚竟也有不耻的侥幸……

　　但怔到后半夜，忽然觉得自己罪不可赦。便打开门，继续唤它，上下楼跑了好几个来回，等到天蒙蒙亮了才爬回家，仰面躺着，望着结着蛛网的天花板，觉得自己竟也会被狼狈的琐事逼成一个曾经不齿的人。

　　人有时候会被困境逼成一个自己认为最不可能成为的人。漂泊让一个人的心性被化上妆，唯有独处时，还会对做过的错事心生内疚，才知走远的自己正在被一步步地拉回。这之后便暗暗发誓，若不会在一座城市久居，是坚决不会再养一只动物的。

　　后来到了北京，男人把猫放在我怀里，我摸着它，它的喉咙里发出呼呼的颤鸣。它有时并不听话，会无故把你的手心手背和脚掌都挖出血痕，会掉很多的毛在你新买的连衣裙上，会翻乱你刚买来的新鲜蔬菜，也会在深夜人已久睡的时候，去刨垃圾桶，滚来滚去，跳来跳去地玩球，在电脑键盘上凌空飞步……猫的体内有方天然的小火塘，总是爆发出无穷的生命力和好奇心。

它不会说话，只会偶尔"喵喵"的，好像跑气的气球似的叫两声。但它喜欢在折腾累了的时候，在我们把电灯关去的时候，倚靠在我和男人的被窝中间，头和尾巴分别搭在两人腿上，蜷成一个展开的蒲公英，安然地憨憨睡去。

我和男人在被窝里沉默着十指相扣，他的小麦色肌肤在黑夜里像燃化的蜡，有诱人的色泽。猫咪睡在我们的身体中间，腿上有生命沉甸的分量。

北京的初春还是有尖锤凿骨的寒冷，但我竟在一瞬间，读出了"相依为命"的幻觉。

年轻，总免不了一场颠沛流离

人生能有几回合，朝花夕拾杯中酒。

几年前，我刚从新疆开往青岛的火车上下来，扑面而来的是一座座高楼大厦坚硬而冰冷的气息，那铺满楼面的亮化玻璃的刺眼光芒，一瞬间让人有一种灌晕了的幸福错觉。

那时我刚逃离家乡小城，在火车上，白天盘腿坐在硬座上和民工们侃大山，分吃一张烙饼，夜晚就着哐当哐当的巨大声响和此起彼伏的呼噜声睡觉。我的脑子里好像有一台不停歇的机器，总是在不断地思考些什么，但这些求而未得的问题，就像凌乱的毛线团一般——人为什么活着？人活着的意义是什么？我们的生命究竟有什么重要的？我们为什么要出生？

我们究竟是因为些什么，才来到这荒谬而孤独的人间？

也就是从那时起，我开始了自己的流浪之旅，长达七年之久。这七年间，我去过中国四十多座城市，和一般的旅行者不同，每座城市我都会居住一段时间，短则一月，长则一年半载。

那些年，我曾经骑马翻越过高达 4200 米的高山，也曾经坐着热气球，在 200 米的高空和当时深爱的人深吻；曾经喝过百岁老人的祝福酒，也曾经在滂沱大雨里，坐在青石板路上扶着满身是血的旧友惊恐地哭泣；曾经和带着一头骡子、四只狗相依为命的流浪汉对坐而饮，也曾经穿着高跟鞋，举着红酒杯，在皆是达贵精英的晚宴里穿梭交际；曾经与毒贩子、人贩子斗智斗勇，也曾经在汶川灾区踩在废墟上抬运伤者；曾经走过沙漠和雪山，也曾经喝过牧民在 −40℃ 低温里用冻成一坨的羊粪煮的奶茶……

我喜欢关注小人物在历史背景下的颠沛流离，因为这是一个反应大时代的好切入口，所以我和很多人都聊过天，旁观或参与过他们的生活，在各式各样偶然或非偶然的场合：常年资助麻风病和艾滋病村孤儿的公益组织负责人；为了寻找战争中失踪的丈夫，肩背烙饼历时 10 年走遍中国和越南边境的妻子；因为担心小羊羔被冻死，所以坐在骆驼上，用身体焐热羊羔的牧民孩子；收养了 4 个民族 19 个孤儿的老阿妈；用骆驼骨给伤者接骨的草原神医……

在这些人里，有些人遭遇了不幸，可依旧保持着微笑；有些人坚持着一种最本真的善，让你了解何为他们理解的爱情、亲情和梦想。不止一次，我被这些人的坚持所感动——每一个小人物背后，都有一段值得敬畏的故事。

因此，如果你有缘读到这本书，那么在某天你巧遇某个小人物时，你不妨把他拉到树荫底下，坐下来，听听他的故事，他一定有他所坚持的东西，也许你就会被他的故事所感动。我们每个人都是一本书，只是很多时候我们没有耐心去翻开第一页，即使这件小事并不难做到。

我是个活得很随性的人，高兴了就笑得忘乎所以，悲伤了就哭得一塌糊涂。但2014年，一个小生命借由我的身体孕育并降生到人间，当他用亮晶晶的眼睛看向我时，我选择了停止漂泊。

于是，我开始写书，把我漂泊生活中遇见的那些人那些事记录下来。其实，他们本身就是一本本书，我只是一个记录者，记录了他们的坚持、他们的情感、他们的梦想、他们的美好。

　　这些人用自己的亲身体验，去教会了我们一些为人处世的道理，我的疑惑也慢慢地得到了解答。这些道理，你我不一定要一一吸取，但能像自带锦囊一样，在无人相扶、无人理解的深夜，静静地翻开一页，安静地想几秒，也定会有所收获。

　　希望这本书能成为你的一个老朋友，能宽慰你那些心底的隐痛，给你带来坚持下去的力量，给你奔向梦想的生活带来多一丝美好，如此这般就足够了。

　　感谢一直支持我、珍视我的朋友们。

　　拱拳致谢。

没头脑也很高兴

2015 年 7 月 18 日

图书在版编目(CIP)数据

世间所有的美好，都是因为坚持/没头脑也很高兴
著.—北京：新星出版社，2015.9
ISBN 978-7-5133-1849-5

Ⅰ.①世… Ⅱ.①没… Ⅲ.①成功心理-通俗读物
Ⅳ.①B848.4-49

中国版本图书馆CIP数据核字(2015)第201120号

世间所有的美好，都是因为坚持
没头脑也很高兴 著

责任编辑　汪　欣
策　　划　好读文化
装帧设计　仙　境
内文制作　王春雪
责任印制　李海波　史广宜

出　　版　新星出版社　www.newstarpress.com
出 版 人　谢　刚
社　　址　北京市西城区车公庄大街丙3号楼　　邮编 100044
　　　　　电话 (010)88310888　　传真 (010)65270449
发　　行　新经典发行有限公司
　　　　　电话 (010)68423599　　邮箱 editor@readinglife.com
印　　刷　北京中科印刷有限公司
开　　本　880毫米×1230毫米　1/32
印　　张　8.75
字　　数　150千字
版　　次　2015年10月第1版
印　　次　2015年10月第1次印刷
书　　号　ISBN 978-7-5133-1849-5
定　　价　38.00元

版权所有，侵权必究；如有质量问题，请与发行公司联系调换。